10대 청소년 롤 모델들의 삶과 꿈

긍정의 神

김태광 지음

가림출판사

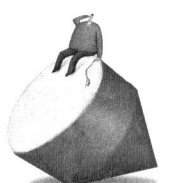

너는 네 생각보다
더 잘할 수 있어

　사람은 끊임없이 발전하는 존재이다. 따라서 과거보다 더 나은 현재를, 현재보다 더 나은 미래를 꿈꿀 수 있다. 다만 그러기 위해선 자신에게 무한한 가능성이 있다는 것을 믿어야 한다. 그것을 깨닫는 순간 그는 자기 확신을 가진 사람이 된다.

　누구나 꿈꾸는 인생을 살고 싶어 한다. 그런데 소수만이 그런 인생을 살고 있다. 그 이유는 어디에서 찾을 수 있을까? '꿈'에서 찾을 수 있다. '꿈'은 과녁과 같다. '꿈'이 없는 사람은 '과녁'이 아닌 허공을 향해 화살을 쏘는 사람이다.

　10대 시절, 가슴 두근거리는 '꿈'을 설정해야 한다. '꿈'이 설정되어야 그 '꿈'을 이루기 위한 목표와 계획을 세우게 된다. 또한 '하기 싫은 공부'의 중요성에 눈뜨게 되어 매진하게 된다. '꿈'을 이루려면 '공부'를 잘해야 한다는 것을 스스로 깨닫기 때문이다.

　그렇다면 꿈과 목표는 무엇을 뜻하는 것일까? 꿈은 쉽게 말해 간절히 열망하는 것이다. 그것을 떠올렸을 때 가슴이 뛰고 희망과 자신감이 생기는 것이다. 목표는 꿈을 세부적으로 쪼갠 조각과 같다. 퍼즐을 구성하는 작은 조각과 같다. 목표는 꿈만큼이나 중요하다. 꿈이라는 목적지까지 안내해 주는 내비게이션이기 때문이다.

꿈과 목표에 관한 재미있는 조사 결과가 있다. 중산층 1,500명에게 사회생활을 시작할 때 무엇을 직업이나 직장 선택의 기준으로 삼았는지 물었다. 그 결과 83퍼센트인 1,245명이 '연봉이 높고 승진 빠른 직장'이라고 답했고, 17퍼센트인 255명만이 '하고 싶은 일', 즉 자신의 꿈과 연결되는 일을 선택했다.

그로부터 20년이 지난 후 그들을 추적 조사했다. 전체 1,500명 가운데 101명이 백만장자가 되어 있었다. 그런데 놀랍게도 101명 중 1명을 제외한 나머지 100명 모두가 꿈과 관계된 '하고 싶은 일'을 선택한 17퍼센트에 속한 사람들이었다. 그들은 리더십을 발휘하면서 하고 싶은 일을 하며 주도적인 인생을 살고 있었다.

비슷한 조사 결과가 하나 더 있다. 1953년 예일대학교의 한 연구팀이 그해 졸업반 학생을 대상으로, 삶의 목표를 적어 놓은 종이를 가지고 있는 학생이 얼마나 되는지 조사했다. 그 중 단 3%만이 글로 쓴 목표를 갖고 있었다.

20년이 지난 1973년 이들을 대상으로 추적 조사를 실시했다. 그런데 목표가 있던 3%가 나머지 97%의 재산을 합친 것보다 더 많은 돈을 벌었다는 조사 결과가 나타났다.

우리는 위의 자료를 통해 꿈은 절대 제 주인을 배신하지 않는다는 것을 알 수 있다. 세상에는 성공할 수 있는 많은 기회가 있다. 다만 그 성공을 이룰 수 있는 자격을 갖추어야 한다.

'꿈', '도전', '열정', '끈기', '경청', '올바른 선택', '공부', '배려', '사랑…'

이와 같은 자격이 갖춰졌을 때 기회가 다가와도 움켜쥘 수 있다. 미국 시카고대학의 벤자민 블룸 교수는 스포츠 스타, 예술가, 저명한 학자 등 다양한 분야에서 두각을 나타내는 120명의 리더들을 조사하여, 그들이 성공을 거둔 원인을 분석했다. 그랬더니 다음과 같은 결론을 얻었다.

"성공에 영향을 미치는 결정적인 변수는 선천적인 재능이나 후천적인 양육 환경이 아니다. 그것은 오직 스스로의 가치관에 따라 선택한 일, 즉 '하고 싶은 일을 했느냐'에 달려 있다."

이 책을 읽는 여러분은 자신이 꿈꾸는 인생보다 더 멋진 인생을 살 수 있다. 우주는 여러분의 성공을 진심으로 바란다. 여러분은 세상에서 가장 소중한 존재이니까.

2009년 12월
김태광

| 차 례 |

넌 커서 어떤 사람이 되고 싶니?
그 일은 인생 최고의 결정이었어
매 순간 꿈꾸기를 잊지 말아야 해
꿈은 종이에 적는 순간 진행형이야
나의 꿈은 계속 자라고 있어

첫 번째 다짐
아빠, 두고 보세요!

제1장

간절히 꿈꾸고
뜨겁게 도전하라

넌 커서
어떤 사람이 되고 싶니?

한 엄마가 어린 아들에게 물었다.

"애야, 넌 다음에 커서 뭐가 되고 싶니? 가장 하고 싶은 일이 무엇이니?"

그러자 아들이 대답했다.

"저는 키가 크고 싶어요. 그리고 유명한 풋볼 선수가 되고 싶어요."

"……."

하지만 아들의 대답은 엄마에게 커다란 아쉬움만 남길 뿐이었다. 엄마, 아빠, 그리고 친가와 외가 모두 키가 작았기 때문이다.

엄마는 아들에게 이렇게 위로해 주었다.

"키가 큰 사람이 하는 운동은 좀 어렵겠지만 그렇지 않은 운동은 할 수 있어."

엄마는 이렇게밖에 말해 줄 수 없었다. 운동을 하기에는 아들의 신체 조건이 부족했기 때문이다.

어느덧 아이는 초등학교에 들어갔다. 그리고 풋볼팀에 들어가 운동을 시작했다. 하지만 시간이 지나도 아이의 키는 그다지 크지 않았고, 운동부 코치는 운동선수를 포기하는 게 어떻겠느냐고 물었다.

그러자 아이는 당당하게 이렇게 대답했다.

"전 꼭 유명한 풋볼 선수가 될 거예요!"

아이는 요령을 피우는 다른 아이들에 비해 최선을 다해 연습을 했다. 아이의 키도 조금씩 자라기 시작했고 어느새 전미 고등학교 풋볼 선수로 뛸 수 있는 스피드와 근력을 갖추었다. 훗날 그는 자신의 꿈을 이루게 되는데, 그가 바로 유타 주의 대표 수비수였으며, 내셔널 풋볼 리그에도 14번씩이나 출전했던 메를린 올센이다.

만일 메를린 올센이 엄마와 코치의 말에 의기소침했다면 어떻게 되었을까? 분명 그는 키가 작은 부모님 탓을 하며 좌절과 방황 속에서 살았을지도 모른다. 사실 대부분의 사람들은 그런 환경에 처한다면 쉽게 좌절하고 포기하고 만다. 그러나 그는 그렇지 않았다. 풋볼 선수라는 분명하고도 흔들림 없는 꿈이 있었기 때문에 당장의 작은 키는 어떤 문제도 되지 않았던 것이다.

2009년 세계 억만장자 순위에 가장 먼저 오른 이름은 빌 게이츠 전 마이크로소프트 회장이다. 개인 재산 400억 달러(64조 원)를 기록했다. 2008년 '13년 최고 갑부'의 명성을 잃고 워렌 버핏 회장에 밀려 2위를 차지했다가 올해 다시 최고 갑부에 올랐다. 그렇다면 그는 어떻게 세계적인 재산가가 되었을까?

바로 그가 가진 꿈에서 비롯되었다. 빌 게이츠는 1975년에 이미 컴퓨터의 미래를 예견하고 있었다. 그는 "모든 책상과 가정에 컴퓨터를!"이라는 엄청난 비전을 제시하고 이를 실행에 옮긴 사람이다. 그 결과 오늘날 컴퓨터가 없는 집이 없다. 그런데 처음 그가 사람들에게 "세계 모든 가정, 모든 책상 위에 컴퓨터가 한 대씩 놓여 있는 세상을 만들겠다."고 말했을 때 사람들은 꿈같은 소리 하지 말라고 비웃었다. 하지만 현재 각 가정마다 컴퓨터가 한두 대 없는 집이 없으니, 그의 꿈은 현실로 이루어졌다.

꿈이 인생에 끼치는 영향에 대한 자료가 있다. 하버드 대학은 지능 지수(IQ)와 학력, 자라 온 환경이 비슷한 사람들을 대상으로 재미있는 실험을 했다. 그 결과, 조사 대상자 가운데 27%는 꿈이 없고, 60%는 희미하며, 10%는 단기적 꿈을 갖고 있었다. 확실한 꿈을 갖고 있는 사람은 3%에 불과했다. 이들의 삶을 25년간 추적 조사한 결과 재미있는 사실을 발견했다.

명확하고 장기적인 꿈이 있던 3%는 25년 후 대부분 사회의 주도적 위치에서 영향력을 행사하고 있었다. 하지만 단기적 꿈을 지녔던 10%에 속한 대부분은 중상위층에 머물렀다. 그들은 단기적 꿈의 지속적 달성으로 안정된 생활 기반을 구축했고, 주로 의사, 변호사 등 전문직에 종사하는 경우가 많았다. 꿈이 희미했던 60%는 중하위층에 속했다. 안정된 환경에서 일하고 있었지만 앞선

10%만큼 뚜렷한 성공을 거두지는 못한 것으로 나타났다.

그렇다면 꿈이 없던 27%는 25년 뒤 어떤 삶을 살았을까? 하나같이 최하위 수준에 머물러 있었으며, 취업과 실직을 반복하는 비참한 삶을 살고 있었다. 남과 사회를 원망하면서도 누군가가 나서서 구제해 주기만을 기다리는 인생을 살고 있었던 것이다.

역대 세계 최고의 부자, 석유왕 록펠러. 집이 가난했던 탓에 그의 어린 시절은 가난과 고통으로 점철되어 있다. 그런 그가 어떻게 세계 최고의 부자의 반열에 오를 수 있었던 걸까? 그 역시도 꿈을 가진 덕분이다.

하루는 한 친구가 그에게 물었다.

"존, 너는 장차 커서 뭐가 되고 싶니?"

그는 망설임 없이 이렇게 대답했다.

"나는 10만 달러의 가치가 있는 사람이 되고 싶어. 난 꼭 그런 사람이 될 거야."

그 후로 존은 좋은 옷을 사 입을 수 있을 만큼 돈을 많이 벌겠다고 가까운 친구들에게 말하곤 했다. 그때부터 그에게는 10만 달러의 가치를 지닌 사람이 되겠다는 꿈이 생겼다.

그는 24세 때부터 석유 정유 사업을 시작해, 29세 때에는 세계에서 가장 큰 '스탠더드 오일'이라는 정유 회사를 세웠고 석유 사업으로 엄청난 돈을 벌었다. 그러나 자신이 번 돈으로 사회를 위해 록펠러 재단을 세워 6,000억 원이 넘는 돈을 기부했다. 그리고 24개의 대학을 세우고, 4,926개의 교회를 세우는 등 자선 사업가로서도 세계 최고의 여생을 보냈다. 존 록펠러는 자신이 품었던 꿈 이상을 실현했던 것이다.

꿈보다 더 힘이 센 것은 없다. 꿈은 어떤 시련이나 역경이라도 거뜬하게 뛰어넘는다. 성공한 사람들은 하나같이 어려움을 극복하고 성공을 이룬 사람들이다. 남들이 아무리 부정적인 시선을 던져도 꿈 하나만 믿고 버텼던 사람들이다.

그 일은
인생 최고의 결정이었어

고 정주영 현대 명예 회장, 고 삼성 그룹 이병철 회장, '애플컴퓨터의 CEO' 스티브 잡스, '토크쇼의 여왕' 오프라 윈프리, KFC 창업자 커넬 할랜드 샌더스…. 희한하게도 큰 성공을 이룬 사람들은 하나같이 가난을 극복한 사람들이다. 그렇다고 해서 가난한 사람이 부유한 사람에 비해 성공하는 데 있어 유리하다는 것은 아니다. 오히려 그 반대이다. 모든 환경적인 면에서 제약이 따르기 때문이다.

그렇다면 왜 위대한 성공을 이룬 사람들 중 가운데 지독하게 가난했던 사람들이 많은 걸까? 그 이유는 그들이 가난을 겪는 과정에서 '반드시 성공하겠다' 라는 강한 열망과 함께 큰 꿈을 가졌기 때문이다.

태어나자마자 버려졌던 한 남자가 가난을 이기고 성공을 이루었다. 그리고 30세의 젊은 나이에 억만장자가 되었다. 바로 '애플 컴퓨터의 CEO' 스티브 잡스이다.

잡스의 젊은 시절은 누구보다도 초라하고 가난했다. 그의 이력은 마이크로소프트를 창업하기 위해 20세에 하버드 대학을 중퇴한 빌 게이츠와 흡사하다. 그 역시 다니던 대학을 중퇴하고 자신의 자동차를 처분한 1,300달러를 종자돈 삼아 부모님의 차고에서 스티브 워즈니악과 함께 애플을 창업했기 때문이다. 대학 졸업장을 따지 못하면 성공하기 힘든 미국 사회에서 그가 과감하게 대학을 포기한 데는 나름의 이유가 있었다.

그는 평범한 노동자였던 양부모가 힘들게 모은 돈이 모두 자신의 학비로 들어가는 데 대해 마음이 아팠다. 그는 6개월가량이 지났을 때 과감한 결단을 내렸다.

'내 모든 것을 감수하더라도 더 이상 대학에 다녀야 할 가치가 없어.'

그 당시 그는 자신에게 어떤 잠재력이 있는지, 또 자신이 어떤 일을 하고 싶어 하는지 몰랐다. 그는 남다른 자신의 잠재력과 장래에 대해 생각하기 시작했다. 그러던 중에 대학이 그것을 알려줄 수 있을까 하는 의문이 생겼다.

'대학 졸업장이 내 미래를 보장해 주지는 않아.'

스티브 잡스는 대학교를 그만둔다는 것이 두려웠다. 그러나 앞으로 모든 것이 다 잘될 것이라 생각으로 자퇴를 결심했다.

그는 자퇴를 결정한 순간부터 자신이 듣고 있던 과목들을 우선순위를 정했다. 전혀 흥미를 느낄 수 없었던 필수 과목들을 더 이상 듣지 않고 관심 있는 강의만 골라서 듣기로 마음먹었다.

며칠 후 그는 리드 칼리지에 입학한 지 6개월 만에 자퇴했다. 그는 당시를 이렇게 회상했다.

"그 당시에는 상당히 두려웠지만 뒤돌아 생각해 보니 제 인생 최고의 결정 중 하나였다는 것을 알았습니다."

그런데 그때 그가 내렸던 선택은 훗날 큰 성공을 가져다주는 원인이 되었다. 그 당시 리드 칼리지는 최고의 서체 프로그램을 제공하고 있었다. 그는 학교 곳곳에 붙어 있는 포스터나 서랍에 붙어있는 표지들을 보며 너무나 아름답다고 생각했다.

그는 자퇴한 상태였기 때문에 정규 과목과 상관없이 서체를 공부하기 위해 수업을 듣기로 했다. 그 수업을 들으면서 세리프와 산 세리프체를 배웠고 서로 다른 글씨의 조합이 만들어 내는 여백의 다양함, 그리고 무엇이 타이포그래피를 훌륭하게 만드는지도 배웠다. 그것은 과학적인 방식으로는 따라잡을 수 없는 아름답고 예술적이었던 탓에 그는 금세 그 매력에 빠졌다.

그는 서체 수업을 들을 때 온 마음을 집중해서 들었다. 한 친구는 그때의 그를 떠올리며 "정말 미련한 바보처럼 수업에 집중했다."고 고백했다.

그는 기숙사에 방이 없었기 때문에 친구들 방의 바닥에서 잠을 자야 했다. 한 병당 5센트씩 하는 코카콜라 빈 병을 팔아서 음식을 사기도 했다. 또 그는 매주 일요일이면 단 한 번이라도 제대로 된 식사를 하기 위해 11킬로미터나 걸어 하레 크리슈나 사원의 예배에 참석하기도 했다.

대부분의 사람들은 그런 절망적인 상황에 놓이면 처지를 탓하며 포기하게 된다. 하지만 스티브 잡스는 자신이 처한 상황은 암담했지만 결코 절망하지 않았다. 절망하는 순간 자신의 꿈은 물거품이 되고 비참한 인생을 살아야 한다는 것을 알았기 때문이다.

고통스럽다고 여겨질 때마다 이런 문구를 떠올렸다.

'가난하다고 해서 꿈조차 가난할 순 없다.'

이런 생각은 어떤 절망적인 상황에 놓여도 그에게 진취적이고 긍정적인 자세를 잃지 않게 했다. 오히려 자신의 꿈에 대한 열망으로 불탔다.

가난이 주는 고통은 경험해 보지 않은 사람은 모른다. 매일 갖가지 반찬으로 밥을 먹고 수시로 '아웃백 스테이크하우스' 같은 고급 음식점을 드나드는 사람은 절대 라면으로 허기를 면하는 사람들의 고통을 알지 못한다. 가난이 주는 고통은 말로 표현할 수 없다. 그래서 가난한 사람은 자신도 모르게 부유한 사람보다 큰 꿈을 품고 성공에 집착하게 된다. 가난을 꿈을 이루기 위한 동기로 활용한다. 특히 어려서부터 열악한 환경에 면역이 된 몸과 마음은 꿈을 이루어 나가는 데 큰 자산이다. 아무리 힘든 역경에 처하더라도 코뿔소처럼 돌진해서 완수한다. 그 결과 원하는 꿈을 이루게 된다.

가난하다고 해서 부모님과 현실을 탓하며 시간을 보내선 안 된다. 그보다 더 어리석은 일은 없다. 과거는 바꿀 수 없지만 미래는 얼마든지 바꿀 수 있다. 가난할수록 더 큰 꿈을 품고 전력 질주해보자. 미래는 자신이 만드는 것이니까.

매 순간 꿈꾸기를
잊지 말아야 해

꿈꾸는 인생을 사는 사람들과 그렇지 못한 사람들이 있다. 그들의 차이점은 무엇일까? 바로 매 순간 꿈꾸기에 달렸다. 전자는 항상 꿈과 목표를 머릿속에 기억하고 있었다. 잊지 않았기 때문에 꿈과 목표를 이룰 수 있었던 것이다. 반면에 후자는 꿈과 목표를 잊고 살았다. 그래서 꿈과 목표를 이루기 위한 어떤 노력도 기울이지 않았다. 그 결과 초라한 인생을 살고 있는 것이다.

오래전 나대니얼 호손의 단편 소설 「큰 바위 얼굴」을 읽은 기억이 난다. 마을 앞산에 거대한 바위들이 어우러져 만든 큰 바위 얼굴이 있다. 한 소년은 어머니로부터 큰 바위 얼굴을 닮은 아이는 나중에 훌륭한 인물이 될 것이라는 전설을 듣게 된다. 그 후 소년의 삶은 큰 바위 얼굴에 큰 영향을 받게 된다. 소년은 전설 속의 위대한 사람을 만나기를 고대하며 성실하고 진실하게 살아간다.

어느 날 큰 바위 얼굴을 닮았다는 개더골드 씨, 올드 블러드 앤 썬더 씨, 위대한 정치가, 시인 등 많은 사람들을 나타나지만 소년이 기대하던 큰 바위 얼굴을 닮은 사람은 나타나지 않았다. 그러던 어느 날 마을에 찾아온 시인이 드디어 큰 바위 얼굴을 닮은 사람을 발견하는데 그 역시 큰 바위 얼굴의 소유자는 아니었다.

어느덧 세월은 흘러 소년은 백발이 성성한 노인이 되었다. 하루는 한 시인이 그의 언행일치된 삶과 사상에 감명을 받고 찾아오게 된다. 시인은 마을 사람들 앞에서 강연하는 그의 소박하고 성실한 얼굴을 바라보다 그가 바로 큰 바위 얼굴을 닮은 전설 속의 사람임을 발견한다.

어떤 대상을 끊임없이 생각하면 자신도 모르게 점차 닮아 가게 된다. 꿈 역시 마찬가지이다. 자신의 꿈을 항상 기억하고 있으면 뇌는 그 꿈을 이루기 위한 방법을 찾게 된다. 결국 꿈을 실현시키게 된다.

세계적인 발레리나 강수진은 매일 꿈을 떠올리며 하루도 거르지 않고 연습에 매달렸다. 그 결과 꿈 씨앗을 틔울 수 있었고 세계적인 명문 독일 슈투트가르트 발레단의 수석 발레리나가 될 수 있었다.

강수진은 중학교 시절 어머니의 권유로 발레를 시작했다. 그러다 발레의 매력에 흠뻑 빠지게 되었는데 매일 최선을 다해 연습에 몰입했다. 그 결과 1년 6개월 만에 이화여대 주최로 열린 발레 콩쿠르에서 최우수상을 받을 정도의 실력을 갖추게 되었다.

언젠가 모나코 왕립 발레학교 교장 마리카 베소브라소바가 우리나라를 방문했던 적이 있었다. 그때 그는 강수진의 아버지에게 이렇게 말했다.

"10만 명 발레리나 중에서 한 명 나올까 말까 한 천재입니다. 유학을 보내 발레를 체계적으로 공부하는 것도 좋을 것입니다."

그녀는 1985년 청소년들이 기량을 겨루는 스위스 로잔 국제 발레 콩쿠르에서 동양인으로서는 처음으로 우승했다. 다음 해 슈투트가르트 발레단 최연소 단원으로 입단해 1999년 4월 무용의 아카데미 상이라고 일컫는 '브노아 드 라 당스' 최고 여성 무용가 상을 수상하는 영광을 안았다.

많은 사람들은 강수진이 천재적인 능력을 타고났다고 말하지만 그녀가 세계적인 발레리나가 될 수 있었던 것은 순전히 지독한 연습 덕분이다. 그녀가 신은 토슈즈는 무려 250켤레에 달했다. 남들이 2~3주 신는 토슈즈를 하루에 네 켤레나 갈아 신은 적도 있었다. 뿐만 아니라 보통 하루에 19시간씩 연습을 함으로써 꾸준히 실력을 쌓았던 것이다.

1947년 오스트리아 그라츠 출생인 아놀드 슈워제네거는 근육질 몸매를 자랑하는 지금과 달리 어린 시절 유난히 몸이 약했다. 그래서 또래 아이들로부터 맞거나 따돌림을 당하곤 했다. 어느 날 그는 스스로 자신을 보호해야겠다는 생각을 하게 되었다. 그러다 열다섯 살 때 우연히 건강 관련 잡지책에서 보디빌딩을 접하게 되었다. 그 후로 매일같이 잡지책에 실린 보디빌더들처럼 멋진 몸매를 가꾸기 위해 노력했다. 결국 그는 미스터 유니버스 대회에 출전해 타이틀을 거머쥐는 영예를 안게 되었고, 이후 미스터 유니버스 5회, 미스터 올림피아 7회 우승하며 보디빌딩 황제로 자리매김했다.

아놀드 슈워제네거는 스물여덟 살 때인 1975년 영화 《청춘의 선택》에 전격 캐스팅되며 영화배우로 데뷔하게 된다. 그러나 이듬해 영화 《록키》로 흥행에 성공한 실베스터 스탤론이 영화 한 편으로 세계적인 스타가 된 것과 달리 그는 1984년에 이르러서야 영화 《터미네이터》로 스타덤에 오를 수 있었다. 즉 10년 가까운 세월 동안 무명의 설움을 겪어야 했던 것이다.

그는 무명 시기 동안 '꿈의 힘'으로 견뎌 냈다. 처음 출전한 미스터 유니버스 대회에서 트로피를 거머쥔 모습을 상상했고, 매 순간 성공한 영화배우의 모습을 늘 마음속에 그리며 희망을 잃지 않았다. 마침내 그는 1984년 영화 《터미네이터》로 긴 무명 시절에 벗어나 세계적인 영화배우로 발돋움할 수 있었다.

강수진과 아놀드 슈워제네거는 한시도 자신의 꿈과 목표를 잊지 않았다. 그리고 틈틈이 자신이 꿈을 이룬 모습을 구체적으로 상상했다. 그런 상상으로 어떤 시련과 역경도 극복할 수 있었다.

여러분의 가슴속에는 다양한 꿈 씨앗이 심겨져 있다. 하지만 그 꿈 씨앗은 절대 저절로 싹을 틔우지 않는다. 꿈과 목표를 잊지 않고 끊임없이 노력할 때 꿈 씨앗은 조금씩 싹을 틔우고 줄기를 말아 올리게 된다.

　마지막으로 영국의 정치가 겸 소설가인 벤자민 디즈레일리의 말을 가슴에 새겨 보자.

　"성공의 비결은 목적의 불변에 있다. 하나의 목표를 가지고 꾸준히 나아간다면 성공한다. 그러나 사람들이 성공하지 못하는 것은 처음부터 끝까지 한길로 나가지 않았기 때문이다. 최선을 다해서 나아간다면 뚫고 만물을 굴복시킬 수 있다."

꿈은 종이에 적는 순간 진행형이야

A와 B 두 사람이 성공에 대해 대화를 나누고 있었다.

A가 말했다.

"무조건 열심히 살면 성공할 수 있어."

그러자 B가 반박했다.

"그렇지 않아. 열심히 사는 것만으로 성공할 수 없어. 그렇다면 매일 열심히 사는 농부들은 모두 성공했겠네."

"그건……"

"성공한 사람들에게는 한 가지 공통점이 있어. 그것은 종이에 꿈을 적었다는 거야."

"……"

정말 B의 말대로 종이에 꿈을 적으면 실현될까? '된다.' 글을 쓰는 나 역시 20대 초부터 꿈과 목표를 종이에 기록하는 습관을 가지고 있었다. 되고 싶고 하고 싶고 가지고 싶은 것이 있으면 반드시 종이에 기록했다. 그러자 정말 놀랍게도 종이에 적혀 있는 꿈과 목표가 하나씩 실현되었다. 그래서 나는 책과 강연을 통해 사람들에게 꿈을 이루고 싶다면 꼭 종이에 꿈을 적어야 한다고 조언한다.

세상에는 꿈을 종이에 적어서 실현시킨 사람들이 많다. 그 가운데 영화배우 짐 캐리와 만화가 스콧 애덤스, 탐험가 존 고다드를 예로 들 수 있다.

짐 캐리는 영화배우가 되기 위해 캐나다에서 무작정 미국으로 왔다. 그의 아버지는 그가 어렸을 때 죽었으며, 어머니는 병으로 누워 있었다. 그는 너무도 가난한 탓에 한동안 집 없이 거리에서 노숙하거나 고물 자동차에서 잠을 청해야 했다. 하루 한 개의 햄버거를 먹고 빌딩의 화장실에서 세수를 하며 생활을 했다.

어느 날 그는 이런 생각이 들었다.

'남은 인생을 고통스럽게 살고 싶지 않아. 분명 미국에서 내가 잘할 수 있는 일이 있을 거야. 나에겐 꿈이 있어.'

1990년 어느 날, 그는 도시가 한눈에 내려다보이는 할리우드에서 가장 높은 언덕으로 차를 몰았다. 그리고는 하염없이 도시를 바라보다가 햄버거를 싼 종이에다 스스로에게 천만 달러를 5년 뒤인 1995년의 추수감사절에 지급하겠다는 서명을 했다. 그 후 그는 매일 그 종이를 몸에 지니고 다녔다.

어느덧 1995년이 되었다. 놀랍게도 그는 추수감사절 전날에 영화 《덤 앤 더머》의 출연료로 7백만 달러를 받았다. 그해 연말에는 《배트맨》의 출연료로 천만 달러를 받아 5년 전의 목표가 현실이 되었다.

짐 캐리의 꿈을 이룬 비결은 꿈을 적은 종이를 항상 몸에 지니고 다닌 데 있다. 그는 습관처럼 그 종이를 들여다보면서 곧 자신이 스타가 되어 종이에 적힌 금액의 수표를 받는 상상을 했다. 그리고 마침내 그는 할리우드의 '최고의 스타', '흥행 보증 수표'가 되었다. 물론 그가 그토록 성공할 수 있었던 데는 꿈을 향한 도전과 끈기, 노력도 빼놓을 수 없다.

만화 '딜버트'를 창조해 전 세계적으로 사랑받고 있는 스콧 애덤스. 한때 그는 낮은 임금을 받는 공장의 말단 직원이었던 적이 있었다. 당시 그는 자신의 사무실 책상에 낙서를 하는 습관이 있었다. 그가 끊임없이 썼던 글귀는 "나는 신문에 만화를 연재하는 유명한 만화가가 될 것이다."였다. 그는 이 문장을 하루에 열다섯 번씩 써 내려갔다. 그때까지 그의 만화는 수많은 신문사들로부터 계속 거절당하고 있었지만, 애덤스는 포기하지 않았다. 그러기를 수백 번, 그는 마침내 한 신문사와 만화 연재 계약을 맺게 되었다. 자신의 첫 번째 꿈을 이룬 것이다. 그러자 그는 지금껏 썼던 문구를 "나는 세계 최고의 만화가가 되겠다."라고 고쳐 썼다. 그리고 하루에 열다섯 번씩 그 문구를 쓰기 시작했다. 그의 두 번째 꿈은 이루어졌을까?

현재 딜버트 만화는 '유나이티드 피쳐 신디케이트'를 통해 전세계 65개국의 25개 언어로 2,000여 개의 신문들에 연재되고 있다. 웹사이트인 '딜버트 존'의 하루 평균 방문자 수는 10만 명에 달한다. 이제 세계 어디를 가도 딜버트 캐릭터로 장식되어 있는 커피 잔, 컴퓨터 마우스 패드, 탁상 다이어리와 캘린더들을 볼 수 있다. 1997년 국가만화가협회 뢰벤 상과 신문만화 상을 수상한 애덤스는 이제 하루에 열다섯 번씩 이런 말을 적고 있다.

"나는 퓰리처 상을 받을 것이다."

마지막으로 탐험가 존 고다드를 만나 보자. 고다드는 1940년, 그의 나이 15살이었을 때 노란색 종이에 '나의 인생 목표'라는 제목을 적고, 자신이 하고 싶은 것들의 목록을 적어 내려갔다. 그가 적은 목표의 숫자는 127가지에 달했다. 그때 그가 적은 목표들은 잠수함 타기, 타조 타기, 1분에 50타로 타자 치기, 원시 부족의 의약품을 공부해 유용한 것 가져오기, 독사에서 독 빼내기, 22구경 권총으로 성냥불 켜기, 윗몸일으키기 200회 및 턱걸이 20회 유지, 달 여행 등 다소 허무맹랑하게 느껴진다.

그는 자신의 목표들 가운데 과연 몇 가지나 실현했을까? 1980년 그의 나이 55세 무렵에는 그중에 무려 108개의 꿈을 달성했다. 그의 이야기는 미국 잡지 「라이프」지에 '꿈을 이룬 미국인'이라는 제목으로 대서특필되기도 했다.

위 세 사람 이야기는 거짓말 같은 사실이다. 그들의 이야기는 다양한 잡지와 책에 소개되어 많은 사람들이 그들의 성공 비결을 따라 하고 있다. 종이에 꿈을 적으면 반드시 이루어진다.

그렇다면 어떤 원리로 꿈이 이루어지는 걸까? 종이에 꿈을 적는 순간 꿈은 뇌에 각인된다. 뇌는 하나의 꿈 안테나가 되어 꿈에 관련된 지식과 정보를 접하게 되면 놓치는 법이 없다. 지식과 정보를 활용해 꿈을 이루기 위해 분주하게 움직인다. 여기에다 습관적으로 종이에 적혀 있는 꿈을 들여다보면 그 효과는 상상을 초월한다. 머릿속에서 꿈을 이룬 자신의 모습을 상상함으로써 좀 더 빨리 꿈을 이루기 위해 고군분투하게 되기 때문이다.

미국 블라토닉 연구소에서 흥미로운 조사를 진행했다. 이 연구소는 1972년 예일대 경영학 석사 과정 졸업생 200명을 대상으로 '목표 관리와 성공'에 대한 조사를 벌였다. 졸업생들 가운데 84%의 학생은 목표를 가지고 있지 않았으며, 13%는 목표를 가지고 있으나 그것을 머릿속에 저장했다. 오직 3%의 학생만이 자신의 목표를 글로 써서 관리하고 있었다.

20년이 지난 1992년 연구소는 다시 그들을 추적 조사했다. 졸업생 200명의 자산을 조사한 결과 목표가 있었던 13%의 자산은 목표조차 없었던 84% 집단의 두 배였다. 또 자신의 목표를 글로 써서 관리했던 3%의 자산은 목표는 있으나 그것을 글로 적지 않았던 13%와 목표조차 없었던 84%를 합친 97%의 열 배에 달했다.

머릿속에 담아 두는 꿈은 죽은 꿈에 불과하다. 종이에 적어서 가지고 다니며 자주 들여다볼 때 꿈은 살아 움직인다. 꿈은 종이에 적는 순간 진행형이 되기 때문이다.

지금 여러분이 가진 꿈은 죽은 꿈인가? 살아 있는 꿈인가?

나의 꿈은
계속 자라고 있어

'김밥 파는 CEO' 김승호, '역전의 명수' 박태환, '동양인 최초 UN 사무총장' 반기문, '피겨 요정' 김연아, '강철 나비' 강수진···. 모두 꿈을 이룬 사람들이다. 이들에게는 한 가지 공통점이 있다. 바로 어려서부터 꿈이 있었다는 것. 꼭 하고 싶고, 되고 싶은 꿈이 있었기에 에너지를 집중할 수 있었다. 그 결과 세상의 주인공이 될 수 있었던 것이다.

그런데 세상에는 꿈이 없거나 막연한 꿈을 가진 사람들이 너무도 많다. 그들과 꿈이나 성공에 대해 대화를 해 보면 높은 담장을 앞에 두고 있는 것처럼 답답하다. 대화 자체가 안 된다.

언젠가 한 중소기업에서 강연을 가졌던 적이 있다. 그때 강연

중에 한 청중에게 물었다.

"꼭 이루고 싶은 꿈이 있습니까?"

그러자 그는 이렇게 대답했다.

"네, 있어요. 잘 먹고 잘 사는 거죠."

막연한 꿈이었다. 이런 꿈은 절대 이루어질 리 만무하다. 그래서 그에게 이렇게 조언했다.

"잘 먹고 잘 사는 것은 꿈이라고 할 수 없습니다. 꿈과 목표는 반드시 구체적이어야 합니다. 그런데 잘 먹고 잘 사는 것은 스쳐 지나가는 바람과 같기 때문에 어느 순간 잊히고 맙니다. 간절함이 없는 바람은 '이루어지면 좋고 이루어지지 않아도 괜찮아!' 이런 뜻이 담겨 있습니다. 꼭 구체적인 꿈을 설정하시길 바랍니다. 그 꿈을 이룬 자신의 모습을 상상할 수 있는 구체적인 그림이면 더욱 좋겠습니다."

막연한 꿈은 있으나 마나 하다. 절대 실현되지 않기 때문이다. 반드시 간절히 이루고 싶은 꿈을 가져야 한다. 간절함이 담긴 꿈이야말로 진정한 꿈이다.

인간에게 있어 꿈은 너무도 소중하다. 꿈 없이는 아무런 희망도 가질 수 없기 때문이다. 희망은 어떤 절박한 현실에서도 용기를 가지게 한다. 온갖 장애를 뛰어넘고 앞을 향해 나아가게 하는 추진 장치와 같다.

목회자이자 작가인 조지 스위팅은 이렇게 말했다.

"사람은 40일을 먹지 않고도 살 수 있고, 3일 동안 물을 마시지 않고도 살 수 있으며, 8분간 긴 숨을 쉬지 않고도 살 수 있다고 한다. 그러나 희망 없이는 단 2초도 살 수 없다."

그렇다. 우리는 꿈과 희망을 먹고 사는 존재이다. 그런데 꿈과 희망이 없다면 삶의 의미를 자각하지 못한다. 이는 본능적으로 생활하는 하등 동물과 다를 바 없다.

물론 꿈이 있다고 해서 모든 것이 술술 풀리는 것은 아니다. 오히려 그 반대이다. 꿈은 난관이라는 가시를 둘러싸고 있는 알밤과 같기 때문이다. 달콤한 알밤을 맛보기 위해선 반드시 가시에 손가락을 찔리는 고통을 감수해야 한다. 꿈 역시 그것을 이루기 위해선 숱한 시련과 역경을 견뎌야 한다. 포기하지 않고 계속 도전한 사람이 꿈을 실현하는 이유가 여기에 있다.

세계에서 가장 높은 에베레스트 산 정상에는 다음과 같은 깃대가 꽂혀 있다.

'1953년 5월 29일 에드몬드 힐러리.'

에드몬드 힐러리가 가장 험난하고 높은 에베레스트 산을 처음 등반했지만 사실 그도 처음부터 등반에 성공한 것은 아니었다. 1952년 그는 피나는 훈련 끝에 등반을 시작했지만 결국 실패하고 말았다. 그때 영국의 한 단체로부터 에베레스트의 등반에 관한 연설을 부탁받았다.

그는 연단에서 에베레스트 산이 얼마나 오르기 힘든 산인가에 대해 설명하기 시작했다. 잠시 후 청중 가운데 한 사람이 그에게 질문을 던졌다.

"그렇게 힘든 산이라면 두 번 다시는 등반하시지 않을 겁니까?"

그는 주먹을 불끈 쥐고는 지도에 그려져 있는 에베레스트 산을 가리키며 이렇게 말했다.

"그렇지 않습니다. 저는 다시 오를 생각입니다. 첫 번째 등반은 실패로 끝났지만 다음번에는 반드시 성공할 테니까요. 왜냐하면 에베레스트 산은 이미 다 자랐지만 저의 꿈은 지금도 계속 자라고 있기 때문입니다."

에드몬드 힐러리의 말을 가슴에 새겨야 한다. 여러분을 가로막고 있는 시련도 에베레스트 산과 다르지 않다. 이미 다 자랐지만 여러분의 꿈은 계속 자라고 있다. 여러분의 꿈은 시련의 키보다 훨씬 크다. 따라서 포기만 하지 않는다면 충분히 넘을 수 있다.

가슴 뛰는 꿈을 가져라. 생각만 해도 온몸에 전율이 생기는 그런 꿈을 가져야 한다. 꿈이 있는 사람은 운전기사를 두고 살고, 꿈이 없는 사람은 운전기사가 된다. 꿈이 있는 사람은 가정부를 두고 살지만, 꿈이 없는 사람은 가정부가 된다. 여러분은 어떤 인생을 원하는가?

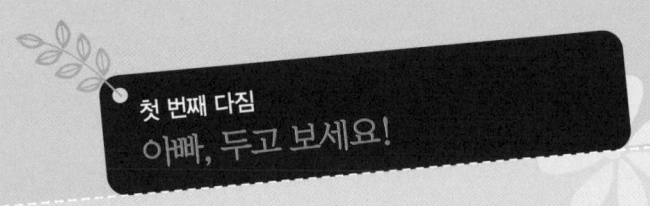

1964년, 열 살의 어떤 흑인 소녀가 부모님과 함께 백악관을 구경하고 있었
다. 한동안 백악관 주위를 서성이며 천천히 건물 외관을 살피던 소녀가 침묵을
깨며 말했다.

"아빠, 제가 저 안으로 들어가지 못하고 이렇게 밖에서 백악관의 겉모습만
구경해야 하는 건 피부색 때문이죠? 하지만 두고 보세요. 저는 반드시 백악관
안으로 들어갈 거예요."

25년 후, 소녀의 예언은 그대로 적중했다. 그녀는 소비에트 체제가 붕괴되고
독일이 통일되던 시기에 미국 대외 정책을 주도하는 수석 보좌관으로서 백악
관에서 조지 부시 전 대통령과 일하게 된 것이다.

그리고 11년 뒤에는 그의 아들인 조지 부시 현 대통령의 국가 안보 보좌관으
로 백악관에 다시 들어갔다. 이 이야기의 주인공은 지금 미국 국무장관인 콘돌
리자 라이스이다.

당시 백악관을 둘러보고 있던 사람은 한두 명이 아니었다. 수십만 명이 백악
관을 방문했지만 그녀는 그들과는 다른 눈으로 그곳을 보았던 것이다. 그녀는
그곳에서 자신의 꿈을 찾았고 그 꿈을 이루기 위해 30년에 가까운 세월 동안
끊임없는 노력을 했다.

수많은 사람들이 콘돌리자 라이스와 마찬가지로 백악관을 구경하거나 방문
했다. 하지만 그 누구도 그곳에서 그녀와 같은 원대한 꿈을 품지 못했다. 그것
이 바로 꿈을 가진 사람과 그렇지 않은 사람의 차이이다.

인생의 목표를 마음 깊이 새긴 뒤 꿈꾸고 뜨겁게 도전하면 무엇이든
이룰 수 있다. 여러분도 꿈꾸고 뜨겁게 도전해 보라. 꿈은 절대 여러분을 배
신하지 않는다. 꿈은 여러분이 원하는 인생으로 인도해 줄 것이다.

결정적인 순간, 어떤 생각을 하니?
고민 활용법
가진 것에 초점을 맞춰 봐
쓸모없는 사람이란 없어
자신에게 던지는 긍정의 질문

두 번째 다짐
열정은 나를 성장시키는 에너지야

제 2 장

열정은 나를 성장시키는 에너지

결정적인 순간,
어떤 생각을 하니?

　　　　　세상에는 두 부류의 사람들이 있다. '나는 할 수 있다'고 생각하는 사람과 '나는 할 수 없어'라고 생각하는 사람이다. 전자는 처음 해 보는 일도 망설이거나 두려워하지 않는다. 잘할 수 있다고 믿기 때문이다. 그런데 이런 믿음은 실제로 좋은 결과를 이끌어 낸다.

　그러나 후자는 해 보기도 전에 부정적인 생각에 휘둘린다. '나는 할 수 없어', '한 번도 안 해 본 일인데 어떻게 해?', '해 보나 마나 실패할 거야'. 이런 생각으로 몸과 마음은 초긴장 상태가 되고 결국 할 수 없다는 믿음대로 실패하고 마는 것이다.

　'할 수 있다'는 마음가짐은 너무도 중요하다. 생각이 행동으로 옮겨지기 때문에 결과는 생각의 영향을 받을 수밖에 없다. '할 수 있다'는 생각으로 행동하면 분명 잘되게 되어 있다. 따라서 어떤 일을 하기 전에 우선 긍정적인 생각을 가져야 한다.

다음에 소개되는 사례를 통해 자기 자신을 신뢰하는 일이 얼마나 중요한지 깨달을 수 있다.

미국 버지니아 대학 및 워싱턴 레드 스킨스팀의 미식축구 선수였던 스튜어트 앤더슨은 고등학교 때까지 농구 선수로도 활약을 한 바 있다. 다음은 고등학교 3학년 때 주 결승 리그 시합 때의 일이다.

그의 첫 번째 슛이 링을 벗어났다. 그리고 무려 20회나 연속으로 슛을 던졌지만 골로 이어지지 않았다. 그날은 경기가 꼬이기만 할 뿐 뜻대로 풀리지 않았다. 다행히도 팀 동료들의 분발로 점수는 1점 차이로 뒤졌지만 경기 종료 시간이 거의 다 되어 팀이 결승 리그 탈락의 위기에 처하게 되었다.

경기 종료 55초전 1점차 리드를 당하고 있을 때 극적으로 그의 팀에서 공을 가로채기 하는 데 성공했다. 그 순간 감독은 작전 타임을 요구했다. 감독의 지시는 남은 시간 최대한 시간을 끌다가 그날 컨디션이 좋은 1학년 학생이 슛을 하는 것이었다. 앤더슨은 감독의 작전에 반대했다. 1학년 학생은 지금 같은 상황에서 상대적으로 슛하기가 부담스럽기 때문에 본인에게 마지막 슛의 기회를 달라고 요청했다. 감독은 흔쾌히 그의 제안을 받아들였다. 감독의 기대에 부응하여 앤더슨은 마지막 역전 골을 멋지게 성공시켰고 그날 승리는 앤더슨이 속한 팀으로 넘어갔다.

다음 날 아침 신문에 앤더슨의 결승 골 사진이 대문짝만 하게 실렸고 그는 학교에서는 물론 주 전체의 스타가 되었다.

한 기자가 앤더슨에게 이렇게 질문했다.

"어떻게 20회 연속 슛을 실패하고서도 가장 긴장되는 마지막 순간에 슛을 할 용기가 생겼습니까?"

그는 다음과 같이 대답했다.

"나의 슛 성공 확률은 50%입니다. 그래서 한 번 슛이 실패하면 다음 슛이 반드시 성공한다고 믿지요. 쉽게 말해 두 번 실수하면 2번 연속 성공할 것이라 생각합니다. 만약 5번 연속 실패하였다면 다음 여섯 번째 슛은 당연히 들어가리라 확신했습니다. 슛을 실패한 횟수만큼 무조건 다음 슛은 성공하게 되어 있기 때문이죠."

다른 기자가 물었다.

"만약 연속해서 5회 이상 슛이 성공하면 어떤 마음이 생깁니까?"

그는 빙그레 웃으며 말했다.

"그러한 상황에서 나의 생각은 완전히 다릅니다. 그런 날은 성공한 슛의 확률을 떠올리지 않습니다. '나의 날이구나'라는 생각으로 모든 슛이 들어갈 것이라는 기대감으로 슛을 던집니다."

그때 누군가가 이렇게 반문했다.

"말도 안 돼. 어떻게 두 가지 생각을 동시에 할 수 있지?"

그러자 앤더스는 자신 있게 이처럼 말했다.

"물론 할 수 있습니다. 자신감을 가지고 좋은 것만 생각할 수 있는 정신적인 기술이 있다면 가능합니다."

만일 스튜어트 앤더슨이 자기 자신을 믿지 않았다면 어떤 일이 벌어졌을까? '괜히 나서서 실패하면 어쩌지?', '공이 링으로 들어가야 할 텐데' 이 같은 생각으로 슛을 던졌다면 긴장한 나머지 손목에 힘이 들어가 골로 연결되지 않았을 것이다. 아니, 그 전에 자신이 하겠다고 나서지도 못했을 것이다. 하지만 그는 멋지게 마지막 역전 골을 성공시켰다. 슛을 던지기 전에 이미 성공할 것이라는 것을 믿고 있었기 때문이다.

에이브러햄 링컨은 "'할 수 있다. 잘 될 것이다.' 라고 결심하라. 그러고 나서 방법을 찾아라."라고 말했다. 그렇다. 세상에 안 되는 일은 없다. 안된다고 여기기 때문에 안 되는 것이다. 여러분! 나는 '할 수 있다, 잘된다, 내가 아니면 누가 하랴!' 이런 긍정적인 생각을 가져 보자. 세상은 여러분을 중심으로 돈다. 어떤 일이 있더라도 세상의 중심은 여러분이라는 것을 잊지 말자.

고민 활용법

'땅꼬마'인 현수는 체육 시간이 가장 괴롭다. 특히 농구와 뜀틀 같은 종목이 가장 싫다. '다른 아이들이 키가 작은 나를 어떻게 볼까?'라는 생각으로 위축되기 때문이다.

그런데 오늘 5교시가 체육 시간이다. 학교로 향하는 현수의 마음은 솜뭉치처럼 무겁기만 하다.

'오늘 체육 시간에 뜀틀 뛰기 한다고 했는데…'

'뜀틀을 넘다 실수하면 어쩌지? 다들 비웃을 텐데…'

이런 생각과 함께 작년에 있었던 일이 떠올랐다. 그날 현수는 있는 힘껏 구름판을 밟고서 뛰었지만 그만 뜀틀 위에 엎히는 꼴이 되고 말았다. 지금도 아이들의 비웃음 소리가 들리는 듯했다. 그 일은 지금껏 마음의 상처가 되었다.

현수는 오전 내내 우울했다. 자꾸만 창피를 당하는 나쁜 예감이 들었다. 점심시간이 끝나고 체육 시간이 되었다. 선생님은 아이들에게 뜀틀을 넘는 시범을 보이고 나서 말했다.

"자, 이제 한 사람씩 뛰어 보자."

아이들은 서로 뛰려고 안달이었다. 하지만 현수에게는 불안한 표정이 역력했다. 작년에 비해 뜀틀의 높이는 더 높아져 있었다. 현수보다 키가 작은 호준이가 뜀틀을 넘었다.

드디어 현수 차례가 되었다. 모두들 현수를 바라보았다. 마치 실수하기를 바라는 것 같았다. 현수의 가슴은 세차게 뛰기 시작했다.

'아냐, 난 할 수 없어. 못해.'

그때 평소 친하게 지내는 진한이가 말했다.

"현수야, 너도 할 수 있어. 호준이도 해냈잖아."

"정말 난 못 하겠어…"

"내 말 믿고 한번 해 봐. 충분히 할 수 있어. 자, 파이팅!"

진한이의 말에 현수는 다소 용기를 가질 수 있었다. 하지만 마음 한편으로는 나쁜 예감이 떠나지 않았다. 현수는 힘차게 구름판을 밟았지만 결국 작년처럼 뜀틀 위에 엎힌 꼴이 되고 말았다. 예감대로 된 것이다.

사람은 누구나 고민을 가지고 있다. 주위를 둘러보면 작은 키, 얼굴에 많은 점, 비만, 말 더듬, 신체적 장애와 같은 콤플렉스가 고민인 친구도 있고, 진로 문제나 불투명한 미래로 인해 고민하는 친구도 있다. 그런데 중요한 것은 이런 고민이 공부나 다른 사람과의 관계 등에서 지장을 초래한다는 것이다. 사실 고민이 있는 사람들을 보면 공부나 일에 의욕이 없고 자신감이 결여되어 있다. 그 결과 성적이 부진하게 되고 성과를 발휘할 수 없게 된다.

대부분의 사람들은 고민을 부정적으로 생각한다. 그래서 고민이 있으면 세상 다 산 사람처럼 의욕을 잃고 쉽게 짜증을 낸다. 하지만 고민도 잘 활용하면 나를 성장시키는 에너지로 바꿀 수 있다.

여러분은 윈스턴 처칠을 잘 알 것이다. 전 영국 수상이자 노벨 문학상을 수상한 작가이기도 한 그는 이 시대 가장 위대한 연설가로 손꼽힌다. 처칠은 지금까지도 '가장 위대한 영국인'으로 불리고 있다.

그러나 어린 시절의 처칠은 불행 그 자체였다. 처칠은 혀가 짧았으며, 몇몇 단어들을 발음하지 못했고 심하게 말까지 더듬었다. 뿐만 아니라 그는 학창 시절에 학업 성적이 거의 꼴찌였다. 사람들은 그를 열등아, 저능아로 불렀다. 이런 그를 보며 아버지는 처칠을 가문의 수치로 여겼는데, 어린 처칠에게는 큰 상처가 되었다. 하지만 그는 좌절하지 않았다. 자신의 꿈과 목표를 이루기 위해 최선을 다했다.

언젠가 처칠은 이렇게 말한 바 있다.

"운명이 시간과 공간으로 이루어진 이 세계 안에서 존재하는 만큼, 우리의 운명과 화해합시다. 우리의 기쁨을 소중히 여기고 슬픔을 한탄하지 맙시다. 빛의 영광은 그림자 없이는 존재할 수 없습니다. 인생은 총체적인 것이며, 좋은 것과 나쁜 것을 함께 취할 수밖에 없습니다."

물론 그 역시 자신에게 있는 콤플렉스 때문에 고민스러워했다. 그 콤플렉스만 없으면 지금보다 더 행복한 인생을 살 수 있을 거라고 생각했다. 하지만 고민만 한다고 콤플렉스가 사라지지 않는다는 것을 알고 있었다. 그래서 그는 고민의 해답을 찾기 위해 고민했다.

"어떻게 하면 콤플렉스를 극복할 수 있을까?"

"어떻게 하면 지금보다 더 나은 내가 될 수 있을까?

그는 곧 고민들을 하나씩 해결해 나가기 시작했다. 군에 입대한 후 체력 훈련을 통해 허약한 몸을 강하게 만들었고, 학창 시절 꼴찌였던 성적은 매일 다섯 시간이 넘는 독서를 통해 다양한 지식을 쌓을 수 있었다. 짧은 혀로 인한 부정확한 발음과 말더듬증은 끊임없는 웅변 훈련으로 극복했으며, 전쟁에 참가해 소심한 성격을 대범한 성격으로 바꾸기도 했다.

처칠은 말더듬증 때문에 가급적이면 사람들 앞에서 말을 자제했다. 짧은 말만 하다 보니 사람들에게 무뚝뚝한 사람으로 비춰졌다. 그래서 그는 자신의 이미지를 바꾸기 위해 유머를 활용하기 시작했다.

다음은 제2차 세계 대전 중 대서양 헌장을 둘러싸고 처칠 영국 총리와 루스벨트 미국 대통령 사이에 미묘한 신경전이 벌어지고 있을 때의 일이다.

루스벨트 대통령은 백악관을 방문한 처칠의 방문을 열다 때마침 목욕 중이던 처칠의 알몸을 보고 말았다. 실오라기 하나 걸치지 않은 처칠의 알몸을 본 루스벨트는 당황했다.

그러자 처칠은 빙그레 웃으며 말했다. "보십시오. 대통령 각하! 저희 영국은 미국에 아무 것도 숨기는 것이 없습니다."

어색한 분위기는 금방 부드러워졌고, 정상 회담은 웃음 속에서 성공적으로 마칠 수 있었다.

대통령도 고민하고 장관도 고민한다. 교수도 고민하고 선생님도 고민한다. 세상에 고민이 없는 사람은 없다. 만일 고민 없는 사람이 있다면 그는 죽은 사람이다. 고민은 내가 살아 있다는 것의 또 다른 증거이기도 하다. 더 이상 고민으로부터 달아나려고 하지 말자. 고민은 나를 한층 더 성숙하게 만드는 숙제와도 같다. 그 숙제를 마치고 나면 훨씬 현명하고 지혜로운 사람이 된다.

고민의 해답은 이미 자기 자신이 알고 있다. 자꾸만 고민하기를 힘들어하거나 외면하기 때문에 가슴속에서 해답을 끄집어내지 못할 뿐이다.

자, 이제부터 고민하는 힘을 길러 보자. 그리하여 고민하는 시간을 나를 성장시키는 시간으로 바꾸어 보자.

가진 것에
초점을 맞춰 봐

살다 보면 뜻대로 되지 않을 때가 많
다. 그럴 때 대부분의 사람들은 좌절하고 절망하게 된다.

"나는 왜 안 될까?"

"이 분야는 나와 맞지 않아."

이런 부정적인 생각에 휘말려 쉽게 포기해 버린다. 그런데 그들
은 성공한 사람들 역시 수많은 실패를 경험했다는 것을 알지 못한
다. 다만 그들의 화려한 성공에만 초점이 맞춰져 있기 때문이다.

어떤 일이든 성공하기 위해선 그에 맞는 대가를 치러야 한다.
따라서 실패를 했다고 해서 그대로 무너져선 안 된다. 실패를 위
한 하나의 과정이라고 여겨야 한다. 그러면 실패는 더 이상 상처

를 주지 않는다. 오히려 실패 속에서 교훈을 얻게 된다.

빛은 어둠보다 강력하다. 희망 역시 절망을 밀어내고 환히 밝힌다. 절망에 처해도 희망을 가져야 하는 이유가 여기에 있다.

1992년, 내전이 한창이던 사라예보의 어느 빵 가게 앞길에서 있었던 이야기이다.

길 한복판에 긴 머리에 덥수룩한 수염을 기른 중년 남자가 첼로를 들고 나타났다. 그의 이름은 베드란 스마일로비치로 사라예보 오페라 극장 관현악단의 단원이었다. 그는 검정색 양복을 입고서 불에 탄 의자 위에 앉아 첼로를 켜기 시작했다. 그 자리는 빵을 사려고 줄을 서 있던 22명의 사람이 폭탄이 터지면서 모두 숨진 곳이었다.

수 세기 동안 사라예보에는 증오와 전쟁이 끊이지 않았다. 그러나 증오와 전쟁 앞에서 그는 아무것도 할 수 없는 무력한 존재였다.

하지만 그는 하루도 빠지지 않고 날마다 그 자리에 나타나 알비노니의 「아다지오 G단조」를 연주했다. 「아다지오 G단조」는 2차대전이 끝난 뒤 폐허가 된 독일의 드레스덴에서 타다 남은 악보를 기초로 해서 만든 곡이었다.

그는 전쟁의 폭격 속에서도 아름다운 음악을 연주하며 사라예보의 상처 입은 거리에서 평화를 갈망하는 사람들의 마음을 전하려고 했다. 언제 어디에서 총탄이 날아올지 모르는 두려움과 군인들의 위협에도 꿈쩍하지 않고 그는 최선을 다해 음악을 연주했다.

그의 연주는 22일 동안이나 쉬지 않고 계속되었다. 그리고 오래지 않아 그의 영혼에 감동을 받은 음악인들이 하나 둘 그 옆에 자리를 잡고 앉았다.

내전이 끝난 뒤, 스마일로비치가 첼로를 연주했던 곳에는 꽃이 놓이기 시작했다. 서로에게 총을 겨누었던 크로아티아인, 세르비아인, 회교도인, 기독교인 모두가 그를 기억했다.

베드란 스마일로비치가 연주했던 음악은 증오와 공포가 가득한 전쟁 속에서도 삶에 대한 희망과 평화에 대한 희망의 불씨가 되었던 것이다.

희망은 초점을 현재가 아닌 내일, 즉 미래로 맞출 때 가질 수 있다. '분명 내일은 오늘보다 나아질 거야.', '비록 오늘은 실패했지만 반드시 해낼 수 있어.' 이런 마음은 미래를 향한다.

어떤 어려운 상황에 처하더라도 긍정적인 사고를 잃지 말아야 한다. 비관적인 사고를 가진다면 끝장이다. 그렇다면 어떻게 긍정적인 사고를 가질 수 있을까? 팻 윌리엄스의 「리치처럼 승부하라」(성공시대)에 보면 다음과 같은 일화가 나온다.

'리 대학' 총장인 폴 콘은 리치를 처음 만났을 때 스물아홉 살의 젊은 대학 교수였고, 리치는 마흔아홉이었다. 그 당시만 해도 긍정적인 사고가 어떠한 위력을 발휘하는지 잘 모르는 상태였다. 따라서 그토록 일관되고 치열하게 인생의 낙관적인 면을 찾아내는 리치의 모습은 폴에게 커다란 영향을 미쳤다고 한다.

그가 그랜드피즈에 있는 리치의 저택을 찾아간 날은 늦가을의 추운 날씨였다. 그들은 거실에서 풋볼 경기를 구경했다. 선수들의 플레이가 한 번 중단될 때마다 어김없이 광고가 이어졌고, 짜증이

난 폴은 이렇게 중얼거렸다.

"차라리 직접 경기장에서 가서 보는 게 낫지. 무슨 광고가 저렇게도 많은지. 원, 짜증스러워서."

그때 리치가 그를 돌아보며 말했다.

"폴, 지금 당장 경기장에 가서 구경을 하고 싶다고? 바깥에는 지금 바람도 많이 불고 눈발까지 날리고 있어. 입장권 사려면 한 사람에 70달러씩 내야지. 또 가는 데 길은 얼마나 막히겠나? 직접 경기장에 가는 것보다 텔레비전으로 보는 게 훨씬 경기를 잘 볼 수 있어. 자넨 지금 따뜻한 방 안에서 편안하게, 그것도 공짜로 이 경기를 보고 있지 않나. 느린 동작으로 리플레이도 나오고. 그 대가로 자네가 치러야 하는 것은 수시로 광고를 봐 주는 것밖에 없어."

긍정적인 사고는 불평불만하기보다 만족할 때 가능하다. 물 컵에 물이 반쯤 있을 때 비관론자는 "물이 반밖에 남지 않았잖아."라고 말한다. 하지만 낙관론자는 "아직 물이 반이나 남았네." 하고 감사한다. 현재 없는 것보다 가진 것에 초점을 맞추면 쉽게 긍정의 사고를 가질 수 있다.

어떤 상황이든 마음먹기에 달렸다. 시험 성적이 나빠도 '앞으로 더 열심히 하면 돼' 하고 긍정적으로 생각하면 힘이 솟는다. 몸무게가 많이 불었다고 하더라도 '지금부터 음식 조절과 꾸준히 운동하면 돼' 이 같은 생각은 스스로를 컨트롤할 수 있게 해 준다.

가슴에 희망과 긍정으로 가득 채워 보자. 희망과 긍정은 어떤 시련이나 역경보다도 더 강력하다.

쓸모없는
사람이란 없어

그동안 나는 성공한 사람들과 실패한 사람들을 만나 보았다. 그들 사이에서 가장 중요한 차이점을 발견할 수 있었다. 전자들은 자신이 좋아하는 일을 하고 있었지만 후자들은 원하지 않는 일을 하고 있다는 것이다.

자신이 좋아하는 일을 하게 되면 열정을 쏟을 수 있다. 실패해도 포기하지 않고 다시 시작할 수 있다. 그 일을 한다는 것만으로도 행복하기 때문에 포기할 수 없다. 좋아하는 일에 집중하게 되면 성공은 자연히 따라온다. 좋아하는 일을 함으로써 성공한 사람들을 만나 보자.

미국의 야구 역사상 가장 유명한 선수로 베이브 루스를 꼽는다. 그는 야구 선수로 은퇴할 때까지 714개의 홈런을 기록했다. 하지만 그는 삼진 아웃만 1,330번을 당하는 아픔을 겪었다. 마이클 조던은 NBA선수 시절, 9,000번의 슛을 실패했고 300회의 경기에서 졌다. 그럼에도 불구하고 그는 포기하지 않고 노력한 결과 농구 황제가 되었다. 디즈니랜드의 설립자 월트 디즈니는 '디즈니랜드 설립 계획서'를 들고 320여 곳의 은행과 투자 회사를 찾아갔다. 하지만 그들로부터 '실현 가망성이 없다'는 말만 듣고 돌아서야 했다. 에디슨은 51세에 축전지 발명을 시작으로 57세까지 30,000번의 실패를 경험했다. 에디슨은 거기서 다시 5년을 더 도전해 마침내 축전지를 발명할 수 있었다.

그러나 싫은 일을 억지로 하게 되면 자꾸만 그 일에서 달아날 핑계거리를 찾게 된다. 그러다 어려움이 닥치면 '나는 안 돼', '내겐 무리야'라며 쉽게 포기해 버린다. 하기 싫은 일을 억지로 하면서 시련을 극복할 수는 없는 법이다.

현대의 가장 뛰어난 물리학자의 한 사람인 스티븐 호킹 박사. 그는 젊은 시절, 온몸이 굳어 가는 루게릭병으로 전신마비의 절망적인 처지에 놓여 있었다. 종종 평생 장애인으로 살아가기보다 차라리 자살을 생각하곤 했다. 하지만 그는 자신이 가장 좋아하는 일을 찾으면서 새로운 인생을 살게 된다. 그 일은 바로 천문학자로서의 길을 가는 것이었다. 그는 휠체어 신세를 지면서도 끊임없는 연구를 거듭해 세계적인 천문학자가 되었다.

가곡의 왕이라 불리는 오스트리아의 작곡가 슈베르트는 찢어지게 가난하게 살다가 31세의 나이로 세상을 떠났다. 하지만 그는 생전에 자신의 가난에 대해 불평하지 않았다. 좋은 곡을 만드는 데 열정을 쏟았기 때문에 그런 불평을 할 겨를이 없었다. 그 결과 그는 '겨울 나그네', '군대 행진곡', '아름다운 물방아깟의 처녀' 등의 명곡을 남겼다.

이외에도 눈을 실명한 후 「실락원」이라는 대작을 쓴 밀턴, 귀머리가 된 뒤에 '9번 교향곡'을 쓴 베토벤, 두 팔이 없이 태어났지만 끊임없는 노력으로 장애를 극복하고 '위대한 미국인 청년 상'을 수상한 존 포페 등 수많은 사람들이 있다. 자신이 좋아하는 일을 발견한 이들에게 장애는 더 이상 걸림돌이 아니었다. 오히려 장애 덕분에 자신의 내면에 감추어져 있었던 잠재력을 십분 발휘할 수 있었다.

평범한 사람들을 스타로 데뷔시켜 온 영국의 노래 경연 대회 '브리튼스 갓 탤런트'의 예선 무대에 중년의 뱃살에 낡은 양복 차림의 한 남자가 경직된 표정으로 섰다. 그때 여성 심사 위원 아만다 홀덴이 무슨 노래를 준비했냐고 물었다. 그녀의 질문에 남자는 오페라를 부르겠노라 대답했다. 세 명의 심사 위원은 아무 기대도 하지 않는다는 듯 심드렁한 표정을 지었다.

잠시 후 남자는 푸치니의 오페라 '투란도트'에 등장하는 아리아 '공주는 잠 못 이루고'를 부르기 시작했다.

"아무도 잠들면 안 돼요. 당신도 마찬가지입니다, 공주님… 나의 입이 침묵하는 동안 그대는 나의 것이 될 것이오!"

그 순간 심사 위원들의 표정이 바뀌었다. 곡의 마지막 하이라이트 부분에서 남자가 안정적인 바이브레이션 창법으로 고음을 내뿜자, 관객들은 자리에서 일제히 기립 박수를 쳤다. 일부 관객의 눈에는 감동의 눈물까지 맺혔다.

남자는 결승전에서 다시 '공주는 잠 못 이루고'를 불러 대상을 차지하는 주인공이 되었다. 그가 바로 휴대폰 외판원에서 전 세계 투어를 하는 가수로 도약한 폴 포츠이다.

그는 당시 우승 소감을 묻자 "내가 좋아하는 노래를 불러 다른 사람들에게 도움을 줄 수 있게 되었다. 기적이 일어났고 지금 정말 행복하다."고 답했다.

그는 학창 시절 가난한데다 못생긴 외모로 친구들로부터 따돌림을 당했다.

"학생 시절 못생기고 가난해서 따돌림을 당했어요. 옷을 살 형편이 되지 않아 유니폼을 입고 다녔는데 친구들이 몹시 놀려댔죠. 그때는 정말 내가 아무 쓸모없는 사람 같았어요. 울면서 잠들 때도 많았고 자살을 생각한 적도 있었죠."

그는 어릴 때부터 교회에 다니며 성가대 활동을 했다. 음악은 그에게 삶을 지탱할 수 있는 열정을 제공했다. 그는 항상 인생을 살다 보면 언제 무슨 일이 생길지 모른다는 생각으로 살았다. 그리고 언제 생길지 모르는 그 기회를 위해 매일 꾸준히 노래 연습을 했다.

폴 포츠는 자신이 좋아하는 노래 덕분에 험난한 인생을 견딜 수 있었다. 그리고 이제는 노래로 인해 행복한 제2의 인생을 살고 있다.

모든 사람에게는 자신이 가장 좋아하는 일이 있다. 그 일을 할 때 힘든 것도, 시간 가는 줄도 모르고 집중하게 된다. 그래서 성공한 사람들은 "자신이 좋아하는 분야에 열정을 쏟아야 한다."고 충고하는 것이다.

여러분은 십대라는 터널을 통과하고 있다. 지금 이 시기에 미래를 위해 초석을 다져야 한다. 공부 외에 자신이 가장 좋아하는 분야를 찾아야 한다는 뜻이다. 그 분야에서 최고가 되기 위해 노력한다면 여러분도 분명 제2의 폴 포츠가 될 수 있다.

자신에게 던지는
긍정의 질문

　　　　　　　어떤 질문이든 그에 맞는 답을 얻을 수 있다. 마치 자판기에 동전을 집어넣으면 나오는 커피와 같다. 정확하다. 긍정의 질문을 던지면 긍정의 답이, 부정의 질문을 던지면 부정의 답이 나온다.

예를 들어 다음과 같은 긍정의 질문을 던졌다고 가정해 보자.

"부모님에게 사랑받기 위해선 어떻게 해야 할까?"

"성적을 올리기 위해 어떻게 해야 하지?"

긍정의 질문은 긍정의 답을 낳는다.

"맞아, 지금보다 부모님의 말씀을 더 잘 듣고 동생과 다투지 않으면 돼."

"앞으로 학원 수업에 빠져선 안 돼."

스스로 알아서 부모님께 사랑받기 위해 애쓰게 된다. 성적 역시 더욱 열심히 공부해 향상될 것이다.

그러나 부정의 질문을 던지면 어떻게 될까?

"부모님은 왜 나만 미워하는 걸까?"

"나는 왜 머리가 나쁜 걸까?"

당연히 부정의 답을 찾게 된다.

"나는 키도 작고 못생겼기 때문이야."

"고등학교밖에 나오지 못한 아버지 닮아서 그래."

결국 부모님이 자신을 미워하고 머리가 나쁜 이유를 자신이 아닌 외부에서 찾게 된다. 그 결과 시간이 지날수록 부모님에게 반감을 가지게 되고 대학을 나오지 못한 아버지가 원망스러워진다.

현명한 질문을 던지면 현명한 답을 얻을 수 있다. 성공한 사람들은 현명한 질문 던지기의 달인이다. 어떤 어려움에 봉착하면 절대로 부정의 질문을 던지지 않는다. 그 대신 '이 어려움을 돌파하려면 어떻게 하면 될까?'와 같은 긍정의 질문을 파고든다. 그리고 마침내 어려움을 극복하고 더욱 발전하게 되는 것이다.

프랑스 사상가 볼테르는 "대답이 아닌 질문의 수준을 보고 그 사람을 판단하라"고 말했다. 대답은 그다지 중요하지 않다. 질문의 색깔에 따라 답의 색깔도 정해지기 때문이다. 현명한 질문을 던져야 하는 이유가 여기에 있다. 현명한 답은 현명한 질문을 던질 때 가능하다.

세계 최고의 동기 부여가 앤서니 라빈스는 「내 안에 잠든 거인을 깨워라」는 책으로 잘 알려져 있다. 과거의 그는 고등학교 졸업 후 가전제품 방문 세일즈를 할 정도로 힘들었다. 하지만 지금의 그는 자기 계발 분야에서 세계적인 인물이 되었다.

라빈스에게 있어 어린 시절의 기억은 가난으로 오는 고통뿐이었다. 어느 해 크리스마스 이브, 파티는커녕 집 안을 따뜻하게 데울 땔감조차 없는 상황에서 세 식구는 우울한 나날을 보내고 있었다. 그때 누군가 초인종을 눌렀다. 라빈스의 아버지가 나가 보니 어떤 청년이 종이봉투에 칠면조와 과자 등을 들고 있다가 불쑥 내밀었다. 라빈스의 아버지는 거절했지만 청년은 그저 심부름을 왔을 뿐이라며 종이봉투를 내려놓고는 가 버렸다. 라빈스의 가족은 예상치 못한 선물로 행복한 크리스마스를 보낼 수 있었다. 그 일을 계기로 라빈스는 '언젠가 나도 성공하면 꼭 그 청년처럼 어려운 사람을 도우며 살아야지' 하고 다짐했다. 훗날 라빈스는 건물 청소부에서 자가용 비행기를 타고 강연을 다닐 정도로 성공하게 되었다. 어린 시절의 다짐을 잊지 않고 현재 그는 어려운 사람들에게 도움을 베풀고 있다.

그는 자신의 성공 비결에 대해 이렇게 말했다.

"성공하는 사람은 더 나은 질문을 던집니다. 그래서 더 나은 해답을 찾게 됩니다."

쉽게 말해 라빈스는 항상 더 나은 질문을 던졌기 때문에 지금과 같은 인생을 살게 되었다는 뜻이다. 반대로 생각해 보자. 만일 그가 더 나쁜 질문을 던졌더라면 그의 인생은 어떻게 되었을까? 여러분의 상상에 맡기겠다.

성공하는 인생을 살고 싶다면 현명한 질문을 던지는 습관을 가져야 한다. 마이클 코벨은 저서 「추세 추종 전략」(더난출판사)에서 현명한 질문을 던지는 능력을 향상시켜야 한다고 말한다. 그러면서 다음과 같은 질문법을 제시한다.

1. 무분별하게 쉽고 피상적인 질문보다는 문제의 실제적인 면을 파고드는 질문을 하라.
2. 왜 질문을 하는지가 분명한 질문을 던져라. 질문을 하는 진짜 이유를 스스로에게 정직하게 말할 수 있어야 한다.
3. 위선적이지 않고, 질문하기 전에 그 정보를 어떻게 해석했는지 알려 주는 질문, 쉽게 말하면 중도에 수정할 기회를 주는 질문을 던져라.
4. 자신이 누구인지를 냉철하게 인식할 수 있는 질문을 던져라.
5. 그 답이 인도하는 곳의 현실에 직면하도록 유도하는 질문을 던져라.
6. 세상에 대한 주관적인 자세에 직면하여 객관적인 자료를 고려하도록 유도하는 질문을 던져라.
7. 질문하는 데 있어 무엇이 타당한지를 알려 주는 질문을 던져라.
8. 질문을 하지 않았더라면 놓쳤을, 중요한 세부 사항을 상기시키는 질문을 던져라.

이제는 질문도 더 나은 인생을 살기 위한 하나의 전략이다. 부정의 답을 이끌어 내는 부정의 질문을 던지기보다 긍정의 질문을 던져야 한다. 긍정의 답은 어떤 고민이든 해결해 주는 열쇠이다.

여러분에게는 꿈과 목표가 있다. 두 가지를 보다 빨리 달성하려면 이런 질문을 자주 던져 보라.

"꿈과 목표를 달성하려면 어떻게 해야 할까?"

"꿈과 목표가 달성되었을 때 어떤 기분일까?"

"목표 달성으로 인해 일 년 후 나는 어떻게 달라져 있을까?"

반복적으로 질문을 던지다 보면 어느 순간 꿈과 목표의 달성을 앞당기는 해답을 찾게 될 것이다.

법정 스님은 2009년 서울 성북동 길상사 극락전에서 열린 봄 정기 법회에서 이렇게 말했다.

"왜 절에 가는가? 왜 교회에 가는가? 그걸 스스로 물어야 합니다. 그게 없으면 타성에 젖고 맙니다. 그럼 신앙이 없는 사람보다 더 어리석게 살 수도 있습니다."

질문 없이 사는 사람은 아무 생각 없이 사는 사람과 다를 바 없다. 지금 자신이 왜 공부를 하는지, 꿈은 무엇인지, 지금 하는 공부와 꿈과는 어떤 상관관계가 있는지 끊임없이 질문을 던지고 답을 찾아야 한다.

　1914년 어느 겨울밤, 에디슨의 공장에 원인 모를 화재가 났다. 화재는 그동안 에디슨이 공들여 쌓아 놓은 모든 것을 잿더미로 만들어 버렸다.

　그 시간에 에디슨은 외부에서 업무를 보며 누군가를 만나고 있었다. 그런 그에게 화재 소식이 전해졌고, 에디슨은 현장으로 급히 달려왔다. 하지만 그는 바람을 타고 번져 나가는 화염을 그저 보고만 있을 수밖에 없었다. 화재는 에디슨에게는 재기 불능의 재난인 것처럼 보였다. 당시 에디슨의 나이 67세였다.

　다음 날 아침 에디슨은 직원들과 함께 잿더미로 변한 공장을 둘러보았다. 공장 내부를 둘러본 후 에디슨은 말했다.

　"지금까지 우리가 저지른 모든 시행착오며 실패들이 화염에 완전히 타 버렸습니다. 덕분에 지금부터 우리는 그런 실패들을 거치지 않고 더 큰 성공을 향해 다시 시작할 수 있게 되었습니다. 그러니 화재는 우리에게 희망이라는 큰 선물을 안겨 준 것입니다."

　그리고 3주일 후에 기쁜 소식이 전해졌다. 그 소식은 다름 아닌 에디슨의 공장이 첫 축음기를 생산하는 데 성공했다는 것이다.

　작가 H. W. 아놀드가 말했다.

　"가장 큰 파산은 열정을 잃어버린 것이다. 모든 것을 다 잃어도 열정만을 잃지 말라. 그러면 언제든 다시 일어설 수 있다."

　그렇다. 아무리 인생의 비바람이 불고 파도가 거세더라도 열정만 있다면 다시 시작할 수 있다. 열정은 모든 시련과 역경을 헤치고 나가게 하는 힘이기 때문이다.

중간 중간 포기하고 싶은 생각이 자주 든다고?
생각 많은 여우와 미련한 곰
실수를 통해 '안 되는 이유'와 '되는 방법' 찾기
상상력과 자신감 + 몰입이 만든 대박 상품
내가 본 건 '내 팔'이 아니라 '나의 꿈'이었어.

세 번째 다짐
강한 끈기로 원하는 것을 이룰 테야

제3장

끈기는 나를 이기는 힘

중간 중간
포기하고 싶은
생각이 자주 든다고?

　　　　　성공한 사람들의 자기 운명 창조 공식이 있다. 바로 '끈기+노력=성공'이다. 끈기는 크고 작은 성공에서 결코 빼놓을 수 없는 성공 요소라고 할 수 있다. 지금보다 발전하기 위해선 쉬지 않고 계속해야 한다. 그래서 성공한 사람들은 젊은 시절부터 포기하지 않는 끈기를 가져야 한다고 충고하는 것이다.

　세계적인 경영 베스트셀러「성공하는 사람들의 7가지 습관」의 저자이자 경영 석학인 스티븐 코비 박사는 위인들과 성공한 사람들, 존경받는 사람들을 대상으로 연구한 결과 한 가지 공통점을 발견했다. 그것은 자기가 맡은 일을 중간에 포기하지 않고 끝까지 최선을 다한다는 것이다.

　모바일 게임 업체인 '노리넷'의 오대규 사장은 선천성 뇌성 마비 3급 장애인이다. 얼굴은 일그러진 데다 손은 오므라져 악수조차 힘들다. 하지만 그는 장애인이지만 포기할 줄 모르는 불굴의 의지의 소유자이다. 그는 대학생 시절 '주식 전도사'로 이름을 날리며 10억 원 규모의 사설 펀드를 운영했다. 또한 AIG생명에 입사해 6개월 만에 최연소 팀장이 되었고 연속 영업 실적 1위를 기록했다.
　그는 지난 1999년 말 자신의 사업을 하기 위해 6주 동안 사업계획서를 들고 투자 회사를 찾아다녔다. 그러나 40여 개의 창업 투자 회사를 찾아다녔지만 모두 거절당했다. 그는 절망하거나 포기하지 않았다. 마침내 2000년 5월 500 대 1의 경쟁을 뚫고 현대 · 기아 벤처플라자로부터 투자 업체로 선정되었다는 연락을 받았다.
　그는 사람들에게 이렇게 말한다.
　"계란으로 계속 치면 바위는 깨집니다."
　만일 오대규 사장이 40여 개의 투자 회사로부터 거절당한 후 포기했다면 어떻게 되었을까? '노리넷'이라는 회사를 창업할 수도 없었을 테고, 지금과 같은 멋진 인생을 살지 못했을 것이다. 거절당해도 '된다', '할 수 있다'는 긍정적인 생각으로 포기하지 않았던 것이 성공 비결이었다.

　1978년 스물여덟 살의 한 청년이 전남 곡성에 위치한 금호타이어 공장에 취직했다. 입사 면접 시험 때, 그는 이렇게 말했다.
　"제 꿈은 금호타이어 부장이 되는 것입니다."

그러자 한 면접관이 이렇게 대꾸했다.

"이봐, 고졸 출신은 기껏해야 '반장' 밖에 못 올라가. 부장은 서울대 출신도 올라가기 힘든 자리야."

그는 그 후로 '안 된다'고 말하는 사람들에게 18년 동안 이렇게 대답했다.

"저는 매일 부장학을 공부하고 있습니다. 제 꿈은 부장이 되는 것입니다. 저는 반드시 되고 말 것입니다."

청년은 그곳에서 하루 종일 등을 구부리고 앉아 타이어 고무를 붙이고 잘라 내는 일을 했다. 일은 고되고 힘들었지만 요령 피우지 않고 최선을 다했다. 시간이 흐르면서 회사로부터 인정을 받아 부장의 자리에 오를 수 있었다. 그리고 마침내 1999년 12월 31일, 금호 그룹 부장에서 상무이사로 초고속 승진하는 쾌거를 이루었다. 대한민국 30대 그룹 중, 고졸 생산직 근로자에서 출발해 부장 이상으로 승진한 사람은 그밖에 없다. 그가 바로 윤생진이다. 현재 그는 조선대학교 교수로도 활동하고 있다.

오대규 사장과 윤생진 전무 외에도 끈기와 노력으로 꿈을 이룬 사람들이 많다. 이들의 모습을 통해 포기하지 않고 계속 노력하면 꿈은 반드시 실현된다는 것을 알 수 있다.

미국의 제37대 대통령 리차드 닉슨은 "인간은 패배했을 때 끝나는 것이 아니라 포기할 때 끝나는 것이다."라고 말했다. 그렇다. 넘어져도, 실패해도 다시 시작한다면 끝이 아니다. 오히려 실패를 교훈으로 삼아 더 큰 발전을 꾀할 수 있다.

여러분은 무엇이든 할 수 있고, 될 수 있다. 절대 중도에 포기해선 안 된다. 포기하는 순간 남의 것이 된다는 것을 명심하자.

생각 많은 여우와
미련한 곰

"힘들어서 더 이상 책상에 못 앉아 있겠어."
"내가 어떻게? 절대로 할 수 없을 거야."
"그동안 실패만 했는데, 분명 또 실패하고 말겠지."

끈기가 약한 사람은 목표를 향해 나아가다가 중도에 포기하고 만다. 그래서 조금만 더 해 보면 충분히 실현할 수 있는 일조차 불가능하게 만든다.

그러나 반면에 끈기가 강한 사람은 때로 시련과 역경이 닥치더라도 주저앉지 않는다. 당장은 힘이 들더라도 계속 노력하다 보면 꼭 이루어진다고 믿기 때문이다. 그리고 마침내 목표를 달성한다.

이것이 바로 성공하는 사람과 실패하는 사람의 차이점이다.

영화배우 김윤진 그녀는 미국 드라마 《로스트》로 세계적인 배우가 되었다. 그녀는 최초로 할리우드 진출에 성공한 한국 배우로 꼽힌다. 그녀가 지금처럼 세계적인 배우가 될 수 있었던 것은 꿈을 향해 계속 도전했기 때문이다. 그래서 그녀를 가장 잘 표현하는 단어는 '도전'이라고 할 수 있다.

김윤진이 어떤 과정을 통해 성공했는지 살펴보자.

그녀는 뉴욕 보스턴대학교를 졸업한 후 배역 찾기가 힘든 동양인이라는 한계를 극복하고 오프브로드웨이에서 연기 잘하는 배우로 인정받았다. 그리고 2002년 영화 《밀애》에 출연해 '청룡영화제' 여우 주연상을 수상하는 영예를 누렸다.

그러나 김윤진은 충무로의 끈질긴 출연 제의를 뿌리치고 2년 후 미국으로 건너갔다. 그녀는 어려움 끝에 미국 ABC와의 전속 계약 후 미국 최고 시청률을 기록한 《로스트》에 '선'이라는 배역으로 출연하면서 할리우드 진출에 성공했다.

그렇다고 해서 그녀가 영화배우로서 처음부터 술술 풀렸던 것은 아니었다. 미국에서 밤 세워 PR 테이프를 제작한 뒤 직접 에이전시를 찾아 나서는가 하면, 오디션을 위해 대본이 닳도록 연습했던 적이 많았다. 그런 노력에도 불구하고 그녀는 거듭 오디션에서 떨어지고 말았다. 하지만 도전을 멈추지 않았다. 끈기를 가지고 꿈을 향해 계속 도전했기 때문에 지금처럼 멋진 인생을 살고 있는 것이다.

김윤진은 꿈을 이루기 위해선 '나'를 이겨야 한다고 충고한다.

쉽게 말해 끈기로 한계를 뛰어넘어야 한다는 뜻이다.

그녀는 할리우드 진출에 성공한 후 이렇게 말했다.

"한국에서 주인공을 많이 한 것과 달리 미국에 가서는 비중이 적은 역만 하게 되니 스트레스가 많았지요. 하지만 나중에 마이너 리그의 주연보다 메이저리그의 조연이 더욱 값지고 빛나는 일이 라는 것을 깨달았어요."

끈기는 불가능을 가능하게 해 주는 마법과 같다. 사실 처음에는 힘들고 '정말 가능할까?'라고 느껴지는 일들도 끈기를 가지고 계속하다 보면 요령이 생기고 목표한 바를 이루게 한다. 그래서 성공자들은 하나같이 끈기를 가져야 한다고 말하는 것이다.

강한 끈기의 주인공으로 시각 장애인 최초로 에베레스트를 정복한 에릭 웨이언메이어를 꼽을 수 있다.

에릭은 열세 살 때 망막박리증이라는 유전병으로 시력을 완전히 잃었다. 시력을 잃은 후 잠시 좌절하고 방황했지만 이내 마음을 다잡았다. 앞이 보이지 않은 데서 오는 고통을 스포츠로 해소했다. 그 결과 그는 코네티컷주 레슬링 고교 대표에 발탁된 데 이어 장거리 사이클, 마라톤, 스카이다이빙, 스킨스쿠버에서 뛰어난 기량을 발휘했다.

그는 열여섯 살 때 등반가의 길을 걷기 시작해 이후 세계 7대 대륙의 최고봉을 오르겠다는 목표를 세웠다. 그리고 여러 번 실패한 끝에 맥킨리와 킬리만자로, 아르헨티나의 아콩카과의 정상을 밟았다.

그는 다시 세계 최고봉 에베레스트를 등반하겠다고 목표를 세웠다. 그러나 시각 장애인에 대한 고정관념 때문에 주위 사람들의 시선은 곱지 않았다. 그 누구도 그의 꿈이 가능하리라 생각하지 않았다.

"장님인 주제에 어떻게 에베레스트를 정복해?"

"아마 그냥 하는 소리일 거야."

그러나 에릭은 사람들의 비아냥거림에 흔들리지 않았다. 자신의 목표를 이루기 위해 에베레스트의 정상을 향해 걸음을 내디뎠다. 물론 헤아릴 수 없을 정도로 위험에 처했던 적도 많았다. 하지만 그럴수록 더욱 에베레스트 정상을 정복하고야 말겠다는 의욕을 불태웠다. 그리고 마침내 그는 2001년 5월 세계 최고봉 에베레스트 등반에 성공했다.

그는 에베레스트를 정복한 뒤 소감을 묻는 기자들의 질문에 이렇게 말했다.

"기적은 결코 일어나지 않습니다. 단지 노력만이 존재합니다. 비장애인들은 시각을 이용하지만 저는 그저 손을 이용했을 뿐입니다."

에릭은 결코 기적을 바라지 않았다. 그 대신 포기하지 않는 도전과 끈기를 통해 목표를 이루었다. 만일 그가 시도도 해보지 않고 이렇게 생각했다고 생각해 보자.

'시각 장애인 내가 에베레스트에 오를 수 있을까?', '괜히 도전했다가 실패하면 망신살만 뻗칠 텐데…'

그런 생각을 가졌다면 그는 분명 절대 성공할 수 없었을 것이다. 시도도 하지 않았을 것이기 때문이다. 하지만 그는 미련한 곰처럼 오를 수 있다는 믿음으로 도전했다. 그 결과 시각 장애인 최초로 에베레스트를 정복할 수 있었다.

　아무리 꿈과 목표가 거창하고 멋진 계획이 있어도 끈기가 없다면 이룰 수 없다. 끈기가 있어야 꿈과 목표라는 자동차를 목적지까지 움직일 수 있기 때문이다.

　시인 롱펠로우의 말을 기억해 보자.

　"꾸준히 참는 사람에게는 반드시 성공이라는 보수가 주어진다. 잠긴 문을 한 번 두드려서 열리지 않는다고 돌아서서는 안 된다. 오랜 시간 동안 큰 소리로 문을 두드려 보아라. 누군가 단잠에서 깨어나 문을 열어 줄 것이다."

　그렇다. 생각이 많아 중도에 포기하는 여우보다 끝까지 시도하는 미련한 곰이 성공한다.

실수를 통해
'안 되는 이유'와
'되는 방법' 찾기

사람은 누구나 실수했던 경험이 있다. 약속 시간을 혼동하기도 하고, 시험 답안지에 정답을 한 칸 밀려 쓰는가 하면 상대방의 이름을 바꿔 부르기도 한다. 실수할 때면 얼굴이 화끈거리고 당황스럽다. 때로 실수 때문에 이미지가 손상 되고 사람들로부터 창피를 당하기도 한다. 그래서 사람들은 실수를 두려워하게 되고 자신 없는 일은 회피하게 되는 것이다.

그러나 실수가 무조건 나쁜 것만은 아니다. 실수를 통해 더 나은 사람이 되고 더 나은 실력을 갖출 수 있기 때문이다. 성공한 사람치고 실수하지 않은 사람은 없다. 오히려 평범한 사람들보다 더 많은 실수를 저질렀다. 그 결과 실수를 통해 '안 되는 이유'를 깨닿게 되고 '되는 방법'을 찾을 수 있었다.

실수는 때로 뜻밖의 행운을 가져다준다. 현대 문명은 수많은 실패를 통해 이루어졌다고 해도 과언이 아니다. 영국의 과학자 알렉산더 플레밍이 발견한 '페니실린' 역시 실수를 통해서 얻게 된 결과물이었다.

알렉산더 플레밍은 의대를 졸업한 후 세인트메리 병원에서 세균학을 연구하게 되었다. 그는 제1차 세계 대전 중에 감염증으로 사지를 절단해야 했던 병사들과 괴저병으로 많은 병사들이 죽어가는 모습을 보게 되었다. 이를 계기로 염증의 원인과 이를 물리칠 수 있는 방법을 찾기 위한 연구에 몰두했다.

그는 연구실에서 페트리 접시에다 다양한 균을 배양했다. 그러던 어느 날 플레밍은 박테리아가 들어 있는 페트리 접시 몇 개를 냉장시키지 않고 책상 위에 그냥 놓아둔 것을 발견했다. 돌이킬 수 없는 실수였다. 습하고 더운 날씨로 인하여 페트리 접시에는 곰팡이가 피어 있었다. 그런데 페트리 접시를 자세히 보니 곰팡이 주위에 있던 세균이 모두 죽은 것을 알게 되었다. 푸른색의 이 곰팡이는 백혈구를 공격하지 않으면서 박테리아를 죽일 수 있었다. 결국 그는 이 균에서 얻은 약에 페니실린이라는 이름을 붙였다. 페니실린은 1944년부터 전쟁터에 대량으로 공급되어 수많은 병사들의 목숨을 건질 수 있었다.

영국 속담에 "실수하지 않는 자는 아무것도 이루지 못한다"라는 말이 있다. 그렇다 실수를 두려워해선 아무것도 못한다. 어떤 계획을 실행하려 하다가도 '실수하면 어쩌지?', '정말 계획대로 될까?' 이런 불안에 발목 잡혀 포기하게 된다.

일본에는 미쓰비시 레이온이라는 회사가 있다. 그 회사는 최초로 정수기를 개발했는데 그것 역시 실수를 통해서였다.

어느 날 섬유를 만드는 공정에서 열처리 과정 실수로 직조에 구멍이 생겨 실이 하얗게 변해 버리고 말았다. 책임자는 구멍 난 실에 흥미를 느낀 나머지 종업원을 야단치는 것도 잊었다. 그는 문득 이런 생각이 들었다.

'이 구멍투성이 실을 어디엔가 활용할 수 있을 것 같은데…'

책임자는 종업원에게 더 많이 만들라고 지시했다.

그런데 문제가 생겼다. 구멍투성이 실을 활용할 용도를 찾지 못한 것이었다.

'이 실을 어디에다 쓰면 좋을까?'

책임자가 고민에 빠져 있을 때 한 연구원이 이렇게 제안했다.

"병원에서 수술용으로 사용하면 어떨까요? 수술실에 들어가기 전 외과 의사는 손을 깨끗이 씻어야 합니다. 하지만 물속에는 세균이나 박테리아가 가득합니다. 따라서 환자에게 나쁜 영향을 줄 수도 있습니다. 이 구멍 뚫린 섬유로 만든 천을 수도꼭지 밑에 달면 수돗물이 떨어질 때 박테리아나 세균은 이 천 위에 걸러지게 됩니다. 그렇게 되면 의사들은 깨끗한 물로 손을 씻을 수 있지 않을까요?"

"맞아! 바로 그거야!"

연구원의 아이디어로 미쓰비시사는 곧 구멍 뚫린 실을 이용해 여과기를 만들었다. 여과기는 출시되자마자 폭발적인 인기를 끌었다. 이것이 계기가 되어 지금의 정수기가 개발되었다.

우리가 매일 마시는 정수기 물이 한 종업의 실수를 통해 탄생했다니 정말 놀랍지 않은가? 세상에는 실수에서 비롯되어 우리에게 편리함을 주는 것이 헤아릴 수 없이 많다.

물에 뜨는 비누 '아이보리' 역시 마찬가지이다.

미국의 한 비누 제조 공장에서 있었던 일이다. 고객 요구에 부합한 상품 개발에 몰두하던 한 직원이 비누 원료를 너무 오랫동안 끓이는 실수를 저질렀다. 그런데 그 직원은 폐기 처분해야 할 그 원료의 무게가 정상적으로 가열된 원료보다 가볍다는 사실을 발견했다. 그리고 이를 제품에 응용했다. 그렇게 만들어진 비누는 부드럽고 세척력이 강할 뿐만 아니라 물에 뜰 정도로 가벼웠다. 그렇게 해서 물에 뜨는 비누 '아이보리'가 탄생한 것이다.

나일론 섬유 역시 구멍이 잘 나지 않는 니트 소재 개발 실험 중에 실수로 인해 탄생한 것이다. 한 연구원이 비커에 붙은 찌꺼기를 떼 내려 물에 담고 가열한 후 유리 막대로 치우는 과정에서 가늘고 긴 실이 붙어 나왔는데 그것이 나일론 섬유의 시초가 되었다.

우리는 실수 속에서 탄생한 다양한 발명품들에 대해 살펴보았다. 이를 통해 실수는 단순히 부끄러운 일이 아니라는 것을 알게 되었다. 또한 그 실수를 어떻게 활용하느냐에 따라 얼마든지 창의적인 일을 할 수 있다는 것도 깨닫게 되었다.

에디슨이 발명왕이 될 수 있었던 것도 실수 속에서 '안 되는 이유'를 찾았기 때문이다. 그 이유에 대한 답을 하나하나 찾아가는 과정 속에서 수많은 발명품을 개발할 수 있었다.

더 이상 실수를 두려워해선 안 된다. 실수를 했다는 것은 어떤 일에 도전하고 있다는 뜻이기 때문이다. 뿐만 아니라 실수는 우리에게 중요한 교훈이 된다.

실수 속에 성공 씨앗이 숨어 있다. 성공 씨앗을 찾기 위해선 실수했을 때 다음 세 가지를 꼭 명심해야 한다.

1. 실수를 인정할 것
2. 실수로부터 교훈을 얻을 것
3. 실수를 반복하지 말 것

상상력과 자신감
+ 몰입이 만든 대박 상품

어떤 사람의 병이 위독한 지경에 이르렀다. 그는 의사를 찾아가서 치료 방법을 물었다. 그러자 의사는 진찰한 뒤 이렇게 말했다.

"선생님의 병이 몹시 깊어 위험하지만 그렇다고 고칠 수 없는 병은 아닙니다. 제가 처방하는 대로 따르시면 됩니다. 꿩고기만 먹고 다른 음식은 절대로 먹어선 안 됩니다. 그렇게 한다면 병을 고칠 수 있습니다."

"선생님 정말입니까?"

그는 병원을 나와서 곧장 시장으로 달려가 꿩 한 머리를 샀다.

한 달이 지난 어느 날 의사는 거리에서 우연히 그를 만나게 되었다. 의사는 자신의 처방을 잘 따르고 있는지 물었다.

"제가 처방해 드린 대로 꿩고기 잘 드시고 계시지요? 병은 좀 어떠십니까?"

그는 힘없는 목소리로 대답했다.

"꿩 한 마리를 먹었습니다. 하지만 병은 좀처럼 낫는 기미가 없어 더 이상 먹지 않고 있습니다."

의사가 어이가 없다는 표정으로 말했다.

"아니, 꿩고기를 한 번 먹었으면 계속 먹어야지, 어떻게 한 번 먹어 보고 낫기를 바라십니까?"

책을 20분 이상 읽지 못하는 친구, 책상에 20분 이상 앉아 있지 못하는 친구들이 있다. 이런 친구들은 한 가지 일을 진득하게 할 줄 모른다. 어떤 일을 하다가 좀 싫증이 나면 금세 또 다른 일에 손대게 된다. 결국 이런 것이 습관이 되어 메뚜기 같은 인생을 살게 된다.

공부나 운동, 한 분야에서 두각을 나타내기 위해선 자신이 하고 있는 것에 몰입해야 한다. 시간 가는 줄 모르고 미친 듯이 해야 한다는 뜻이다. 몰입할 때 그 일의 장단점에 대해 알게 되고 점차 익숙해지게 된다. 자기 분야에서 최고가 된 사람들. 그들은 자신의 일에 몰입했기 때문에 최고가 될 수 있었다.

몰입으로 제2의 인생을 살고 있는 '한경희 생활 과학'의 한경희 대표를 만나 보자.

한경희 대표가 만든 '한경희 스팀 청소기'를 모르는 사람은 없을 것이다. 그녀는 스팀 청소기 한 아이템으로만 1,000억 원 이상의 매출고를 올리며 회사를 단숨에 업계 1위 자리에 올려놓았다.

그러나 그녀가 처음부터 승승장구했던 것은 아니었다. 한때 그녀는 평범한 주부이자 교육 행정 사무관으로 근무하고 있던 공무원이었다. 어느 날 그녀는 걸레질을 하던 중 허리와 무릎에 심한 통증을 느꼈다.

'이놈의 걸레질 좀 안하고 살 순 없을까?'

그녀는 매번 걸레질을 할 때마다 이런 생각이 들었다.

어느 날 한 가지 아이디어가 떠올랐다.

'뜨거운 스팀이 나오는 청소기를 만들면 어떨까?'

여기에서 시작된 아이디어가 한경희 생활 과학의 성공 밑거름이 되었다. '스팀이 나오는 청소기'에서 시작된 그녀의 아이디어는 결국 '철밥통'인 공무원 생활에 종지부를 찍게 만들었다. 또한 평소 꿈이었던 사업가의 길로 들어서게 했다.

그러나 스팀 청소기를 개발하는 일은 생각보다 힘들었다. 숱한 시련과 역경에 부딪치곤 했다. 그녀가 가장 힘들었던 것은 '여성'이기에 겪어야 하는 차별들이었다.

사람들은 그녀를 보며 빈정거렸다.

"걸어 다니는 민폐야."

"여자가 무슨 사업이야? 외조나 잘해라!"

그녀가 심지어 정부 자금을 빌리러 신용 평가 기관에 갔을 때 정부 자금을 집행한다는 담당자의 첫마디는 이러했다.

"여자는 실질적인 사장은 없고 죄다 얼굴 마담인 경우가 대부분이죠. 남편이 신용 불량 상태니까 어쩔 수 없이 여자가 나서는 게 아닌가요? 주민 등록 번호 두드려 보면 다 알 수 있으니까 실토하

세요."

하지만 그녀는 자신의 꿈을 포기하지 않았다. 시련에 봉착할수록 자신의 꿈을 생각하고 또 생각했다. 스팀 청소기 개발에 모든 것을 걸었다. 세상의 모든 주부들을 걸레질에서 오는 고통으로부터 해방시켜 주고야 말겠다는 의욕을 불태웠다. 그리고 마침내 그녀는 스팀 청소기 개발에 성공했다. 한경희 스팀 청소기는 출시되자마자 대박이었다.

한경희 대표는 한경희 스팀 청소기의 성공으로 제2의 인생을 살게 되었다. 현재 그녀는 또 다른 꿈을 향해 도전하고 있다.

그녀가 성공할 수 있었던 비결은 무엇일까? '상상력'과 '자신감' 그리고 '몰입'을 들 수 있다. 아무리 상상력이 뛰어나고 강한 자신감을 가졌더라도 몰입하지 않았다면 불가능했을 것이기 때문이다.

브라이언 셔의 「부자의 코드를 읽어라」(세종서적)에 보면 이런 글이 있다.

농구에 관심이 있든 없든, 누구나 마이클 조던의 이름은 들어보았을 것이다. 그는 역사상 가장 뛰어난 운동선수로 인정받고 있으며, 대부분 사람들이 꿈만 꿀 수 있을 정도의 돈도 벌었다. 그렇지만 그가 인터뷰 중에 자신의 인생에서 가장 중요했던 순간이 언제였는가 하는 질문을 받았을 때 그가 고등학교 농구팀에서 탈락했을 때라고 대답했다는 사실을 알고 있는가? 그것은 명예나 권력이나 경이로운 성취가 아니라, 고등학교 농구팀에서 탈락했다는 사실이었다. 이것이 그에게 집중하고 연습하는 시간을 주었다고 조던은 말한다. 또 이 경험은 꼭 훌륭한 선수가 되고 말겠다는 그의 결심을 더욱 확고하게 만들어 주었다.

위대한 보답은 명확한 집중으로부터 나온다. 당신의 모든 노력과 에너지와 주의를 한 방향으로 집중한다면 당신은 그 분야에서 두각을 나타낼 수 있다. 이것은 당신에게 최고의 결과를 줄 뿐만 아니라 당신으로 하여금 그다음 일로 신속하게 움직이고, 그 일을 잘할 수 있게 할 것이다.

'컴퓨터 황제' 빌 게이츠, '투자의 귀재' 워렌 버핏, '산소 탱크' 박지성, '월드스타 비⋯ 이들은 모두 자기 일에 몰입했기 때문에 세계 최고가 될 수 있었다. **몰입은 나를 최고 만드는 비결이다.**

몰입은 재미있는 영화를 보는 것과 같다. 영화 상영 시간 내내 몰입하게 된다. 마치 내가 영화 속 주인공이 된 듯하다. 어느덧 영화가 끝나고 자막이 오를 때면 '벌써 끝났어?' 하는 아쉬움이 든다. 두 시간이 마치 20분처럼 느껴진다. 그만큼 영화에 몰입했기 때문이다.

자, 이제부터 영화를 보듯이 선생님의 말씀에 집중하고 공부해 보자. 운동을 하거나 친구들과 대화를 할 때 영화를 보듯이 푹 빠져 보자. 몰입하는 순간 지금껏 느껴 보지 못했던 행복한 감정을 만끽하게 될 것이다.

내가 본 건 '내 팔'이 아니라 '나의 꿈'이었어

"나도 쟤처럼 재능을 타고났다면 잘할 수 있을 텐데…"

"나는 공부 재능이 없나봐. 해도 잘 안 돼."

이처럼 자신의 부족한 실력에 대해 재능 탓을 하는 친구들이 있다. 정말 재능이 부족하기 때문에 실력이 모자란 걸까? 그렇지 않다고 생각한다. 자기 분야에서 최고가 된 사람들은 처음부터 뛰어난 재능의 소유자는 아니었다. 최고가 되기 위해 집중하고 노력하는 과정에서 최고가 된 것이다.

끊임없는 노력으로 재능을 뛰어넘은 한 사람을 소개하겠다.

그는 열 살 때 아버지를 잃었다. 그 이듬해에는 친구들과 축구를 하다가 공에 눈을 맞아 그만 앞을 볼 수 없게 되고 말았다. 엎친 데 덮친 격으로 아들의 눈이 멀었다는 것에 충격을 받은 어머니는 화병에 걸리고 2년 후 세상을 떠났다. 시련과 역경이 끊이지 않았다.

너무 힘든 나머지 그는 여러 번 자살을 시도했다. 얼마 후 또 다른 시련이 찾아왔다. 유일하게 남은 혈육이었던 누나가 공장에서 무리하게 일을 하다가 그만 과로사를 한 것이다. 한순간에 그는 일가친척이 아무도 없는 고아가 되었다. 그에게 그 어떤 것도 희망이 되어 주지 못했다. 하루하루가 절망과 고통의 연속이었다.

바로 그때 그는 한 목사님을 만나게 된다. 그 목사님의 도움으로 신앙을 가지게 되었는데 신앙으로 상처를 치유하고 삶의 용기를 얻을 수 있었다. 더 이상 그는 자살 시도를 하지 않았다.

그는 자신에게 없는 것에 집착하기보다 이미 가지고 있는 많은 것들에 집중했다. 그리고 가치 있는 사람이 되겠다는 꿈을 품었다. 최선을 다해 공부한 그는 연세대학교 교육학과를 차석으로 졸업하는 영광을 얻었다.

1972년도에는 미국 피츠버그 대학으로 유학을 떠나게 된다. 앞이 보이지 않는 상태인데도 치열하게 공부한 덕분에 3년 반 만에 박사 학위를 받을 수 있었다.

그가 바로 노스이스턴 일리노이대학의 교수로 활동하고 있는 강영우 박사이다. 미국의 부시 대통령은 강영우 박사의 능력을 인정해 차관급에 해당하는 장애인 정책 보좌역으로 발탁했었다. 그의 인생 역정은 우리에게 '뛰어난 재능도 노력을 이기지 못한다'

는 것을 여실히 보여 준다. 사실 그의 인생 자체가 노력으로 만들어져있다고 해도 과언이 아니다.

그는 두 아들에게 늘 다음과 같은 좌우명을 가르쳤다.

"포기하지 말라, 자신감을 가져라, 긍정적으로 생각하라."

그런 아버지의 교훈 속에서 자란 큰 아들은 하버드 의대를 나오고, 작은 아들은 듀크대학에서 법학 박사 학위를 받았을 정도로 재원이다. 강영우 박사를 만든 좌우명이 두 아들을 탁월한 인물로 만들었다고 할 수 있다.

이번에는 야구 선수 짐 애보트를 만나 보자.

그는 오른손이 조막손인 채로 태어났다. 그러나 그의 부모는 그 어떤 것도 한계라고 생각하지 않았다. 그들은 글러브를 끼는 것 자체가 불가능한 애보트에게 글러브를 사 주었고 함께 벽돌 벽에 공 던지기를 하며 시간을 보냈다. 애보트는 열한 살 때부터 프로 야구 선수가 되겠다고 마음먹었다.

그런 그를 보며 주위 사람들은 하나같이 이룰 수 없는 꿈이라고 말했다.

"어떻게 야구 선수가 된다고 그러니?"

"야구 선수는 아무나 하는 줄 아니?"

애보트는 야구 선수가 되겠다는 일념 하나로 최선을 다해 노력했다. 그 결과 고등학교 시절 야구팀에 들어가 0.73의 방어율을 기록할 수 있었다.

투수는 공만 던지는 사람이 아니다. 공을 던지고 나면 다섯 번째 내야수가 되어 타자의 땅볼이나 번트를 재빨리 처리해야 한다. 그는 이 사실을 잘 알고 있었다. 그래서 그는 왼손으로 벽에 공을 던진 뒤 재빨리 왼손에 글러브를 옮겨 끼고 공을 받은 다음 다시 글러브를 오른팔에 걸치고는 1루수에 던지는 연습을 쉬지 않고 했다.

지독한 연습 덕분에 애보트는 고등학교 졸업 때 명문 구단 토론토 블루제이스의 지명을 받았다. 하지만 애보트는 장애인에 대한 동정이라고 생각해 이 제안을 거절하고 미시건대학교로 진학했다. 물론 그의 활약은 계속되어 1987년에는 그해 최고 아마추어 선수에게 수여하는 '설리번 상'을 수상하는 영광을 안았다.

다음 해 열린 '88 서울 올림픽' 시범 경기 결승전에서는 일본을 5대 3으로 이기고 금메달을 목에 걸었다. 이때 결승전에서 맞붙은 일본의 투수는 투구 동작 시 상체를 완전히 뒤로 젖히는 자세로 유명한 노모 히데오였다.

애보트는 대학을 중퇴하고 메이저 리그로 향했다. 그를 영입한 캘리포니아 에인절스의 덕 래더 감독은 스프링캠프에서 놀라운 실력을 확인했다. 마이너리그를 생략하고 곧장 메이저 리그에 출전시켰다. 1993년 양키스타디움에서 벌어진 클리브랜드 인디언스 전에서 투수 최고의 영예인 노히트 노런을 기록했다. 메이저 리그에서 그는 10년 동안 평균 시속 150Km의 강속구를 던지는 A급 투수로 활약하면서 통산 87승을 거두었다.

그는 사람들에게 자신의 성공 비결을 이렇게 말했다.

"야구장을 향할 때마다 나는 내 팔을 보지 않았습니다. 나는 내 '꿈'을 보았습니다."

짐 애보트가 야구 선수로 성공할 수 있었던 것은 부단한 노력

덕분이다. 태어날 때부터 오른팔이 없었기 때문에 다른 사람들보다 더 노력해야 했다. 노력해서 안 되는 것은 없다. 제대로 노력하지 않기 때문에 안 되는 것이다.

여러분 가운데 안 되는 이유를 재능 탓으로 돌리는 친구들이 있다. 이제 더 이상 재능 탓을 해선 안 된다. 짐 애보트도 해냈는데 여러분이라고 왜 못하는가?

마지막으로 나폴레옹의 말을 가슴에 새겨 보자.

"승리는 노력과 사랑에 의해서만 얻어진다. 승리는 가장 끈기 있게 노력하는 사람에게 간다. 어떤 고난의 한가운데 있더라도 노력으로 정복해야 한다. 그것뿐이다. 이것이 진정한 승리의 길이다."

소설 「뿌리」의 집필을 위해 12년을 바친 작가 알렉스 헤일리. 대학을 중퇴하고 해안 방위대에 입대한 헤일리는 작가가 되는 것이 꿈이었다. 그는 항해 중에도 타자기를 늘 옆에 끼고 살았다.

그러나 작가의 길은 그리 순탄치만은 않았다. 부지런히 여러 출판사에 글을 보냈지만 8년 동안 무려 100통이 넘는 거절 편지를 받아야 했다.

매일 열여섯 시간씩 글을 썼지만 아무런 소득도 없었다. 결국 갖고 있던 얼마 되지 않은 돈까지 모두 써 버려 남은 것이라곤 정어리 통조림 몇 개와 18센트가 고작이었다.

처음에 그는 소설 「뿌리」 집필 기간을 3년 정도로 잡았지만 그것은 그저 예상일 따름이었다. 그는 전국의 도서관과 문서 보관소를 샅샅이 뒤졌다. 결국에는 자신의 조상들이 끌려왔던 아프리카까지 찾아가야 했다. 그 사이 출판사로부터 받은 선금은 물론 빌려 쓴 돈까지 모두 바닥이 나고 말았다. 그러자 조금씩 스스로에 대해서도 회의가 들기 시작했다.

'정말 내가 소설을 완성할 수 있을까?'

'차라리 이쯤에서 그만 포기하는 게 낫지 않을까?'

하지만 그는 포기하지 않았다. 그는 일의 완성을 위해 끈기를 가지고 매달렸다. 노예로 끌려온 7대조 할아버지 쿤타 킨테의 심리 상태를 파악하려고 남아프리카에서 미국까지 가는 화물선을 타고 10일 동안 밤마다 속옷만 입은 채 밤을 지내기도 했다.

이런 과정을 거치면서 처음 의도한 대로 책을 집필하기까지 그는 비용으로 8,000달러를 썼고 50만 마일을 여행하면서 수천 명의 사람들을 만났다. 마침내 쉰다섯 살이 되던 해에 헤일리는 소설 「뿌리」를 출판할 수 있었다.

그 소설은 31개 언어로 번역되었고 800만 부 이상이 팔려 나갔다. 덕분에 그는 당대의 최고 작가가 되었으며 명예 학위도 받았다. 소설 「뿌리」는 텔레비전 시리즈로도 제작되어 큰 인기를 끌었다.

미국의 한 조사 기관에서 세일즈맨의 성과를 조사했다.

48%의 세일즈맨은 고객을 한 번 방문하고서 포기했고, 25%의 세일즈맨은 두 번째 방문에서 포기했다. 15%의 세일즈맨은 세 번째 방문에서 포기했다. 12%의 세일즈맨은 온갖 시련을 극복해 가면서 꾸준히 방문한 결과 목표를 달성했다고 한다.

이처럼 성공하는 인생을 사는 사람들에게는 '성공 DNA'가 있다. 그것은 바로 '포기'를 모른다는 것이다.

알렉스 헤일리는 자신의 꿈을 포기하지 않았다. 그에게는 어떤 시련과 역경도 꿈을 향한 질주를 가로막지 못했다. 힘든 상황에 처할수록 그 상황보다 더 강한 끈기를 발휘했고 원하는 것을 쟁취했다.

원하는 것을 얻기 위해선, 꿈을 이루기 위해선 강한 끈기가 필요하다. 세상에는 꿈을 이룬 사람보다 이루지 못한 사람이 더 많다. 그것은 꿈을 향해 나아가게 하는 끈기가 부족했기 때문이다. '조금만 더…' 하는 끈기만 있다면 누구나 세상의 주인공이 될 수 있다.

상대의 마음을 움직이는 가장 큰 힘은 무엇일까?
고릴라가 들어온다 해도 모를 정도로
자기 자신을 접어 두는 경청의 달인.
진정한 대화는 물 흐르듯 이끌어 주는 것
너의 말을 집중해서 듣고 있다는 메시지가 필요해

네 번째 다짐
경청으로 친구의 마음을 끌어당길거야

제4장

경청은
마음을 얻는
지혜

상대의 마음을 움직이는
가장 큰 힘은 무엇일까?

"그는 세계 제일의 세일즈맨이다. 그와 같은 세일즈맨이 열 명만 더 있다면 미국은 다른 나라가 될 것이다. 그는 세일즈 업계에서 신화적인 인물이다."

'자동차 판매왕' 조 지라드를 가리키는 말이다. 그는 미국 미시간주 디트로이트에서 시보레 자동차와 트럭을 판매하는 세일즈맨으로 무려 11년 동안이나 판매 실적 1위 자리를 차지해 자동차 세일즈에서는 전설의 인물로 꼽힌다.

그렇다고 그가 유복한 환경에서 성장한 것은 아니다. 오히려 그 반대였다. 조 지라드의 어린 시절은 기억하고 싶지 않을 만큼 불행 그 자체였다. 디트로이트 시 동남부 지방의 빈민가에서 태어난 그는 가난과 아버지의 폭행에 못 이겨 학교를 그만두고 구두닦이를 시작했다. 35세까지 40여 개의 직업을 전전하며 방황을 거듭했다. 고등학교 중퇴의 학력은 번듯한 직업을 가지는 데 걸림돌이 되었다.

조 지라드는 더 이상 다른 일을 할 수 없게 되자 자동차 세일즈를 하게 되었다. 그는 어느 날 한 모임에 참석했는데 모임에 참석한 사람이 약 250명이었다. 그리고 또 다른 모임에 갔는데 그 모임의 참석 인원 역시 250명 정도였다. 다른 세일즈맨이라면 무심히 지나쳤을 이 상황에서 그는 250명이라는 공통 숫자에 관심을 기울였다. 그리고 250명이란 숫자가 갖는 공통된 의미를 찾기 시작했다.

'250명이라는 숫자가 뜻하는 것은 무엇일까?'

'두 모임 다 참석한 사람의 숫자가 250명이라면…?'

계속 고민한 결과 한 사람의 인간관계 범위가 250명이나 된다는 사실을 알아냈다. 그리고는 250명이란 숫자를 판매에 도입해 '조 지라드의 250명 법칙'을 탄생시켰다. 이후 그는 고객 한 사람을 마치 250명을 대하듯 했다.

'내가 한 사람의 고객에게 신뢰를 잃으면 그것은 곧 250명의 고객을 잃는 것이다.'

그는 어떤 사람을 대하더라도 친절하고 진실하게 대했다. 고객의 말을 가슴으로 듣도록 노력했다. 그러자 외모에 상관없이 한 사람 한 사람이 모두 소중했다. 그러자 놀라운 일이 일어났다. 몇 달간 제자리걸음이던 판매 현황 그래프는 서서히 상향 곡선을 그리기 시작한 것이다.

얼마 후 그는 지점 내에서 1위를 하게 되었다. 그때 한 동료가 비결을 물었다. 그러자 그는 이렇게 말했다.

"한 사람 한 사람의 고객을 250명을 대하듯이 해 봐. 그리고 고객의 말을 건성으로 듣지 말고 가슴으로 들어야 해. 그러면 자연스레 판매로 이어져."

조 지라드는 고객이 하는 말을 가슴으로 들었다. 그러자 고객이 무엇을 원하는지 알 수 있었다. 그만큼 고객과 친밀감을 유지할 수 있었고 고객은 그에게 신뢰를 느낄 수 있었다.

그는 매달 1만 3천 장의 카드를 고객에게 직접 보냈다. 물론 다른 세일즈맨들 역시 한 달에 한 번은 아니더라도 고객에게 카드를 발송한다. 하지만 그가 여느 세일즈맨과 다른 점은 물건을 팔기 전이 아니라 팔고 난 다음에 카드를 보낸다는 것이다. 뿐만 아니라 자동차가 고객의 집에 도착하기도 전에 구매에 대한 감사의 편지를 쓰고, 매달 카드를 보낸다.

"훌륭한 세일즈맨은 한 번 차를 산 고객이 결코 자신을 잊지 못하게 한다기보다는 그가 고객에게 차를 팔았다는 사실을 잊지 않도록 스스로 주지하는 노력이 중요하다."

그는 사용하는 봉투에도 세심한 신경을 썼다. 보통 우편물과 컬러와 크기를 달리함으로 열어 보지도 않은 채 휴지통에 버려지는 일이 없도록 한 것이다.

사람들 중에 조 조지라를 뛰어난 달변가라고 생각하는 사람이 많다. 하지만 그는 오히려 그 반대이다. 말은 잘 못하지만 고객이 말할 때 절대 한눈파는 일이 없다. 그는 고객의 말에 집중해서 경청할 때 고객 스스로 특별한 사람임을 느끼게 할 수 있다는 것을 잘 알았기 때문이다.

세일즈와 관련된 다수의 베스트셀러를 집필한 그는 현재 미국에서 세일즈트레이닝 스쿨을 경영하며 세일즈맨들을 위한 강의에 나서고 있다.

흔히 사람들은 말을 잘해야 많은 친구들을 사귈 수 있다고 생각한다. 달변으로 사람들을 매료시킬 수 있다고 생각하기 때문이다. 하지만 실제로는 그렇지 않다. 말 잘하는 사람의 주위에는 친구들이 그다지 많지 않다. 말 잘하는 사람치고 자기 말만 했지 상대방의 말을 주의 깊게 듣는 사람이 그다지 많지 않기 때문이다.

상대방의 마음을 얻으려면 집중해서 들어야 한다. 마지못해 듣는 것이 아닌 가슴으로 들을 줄 알아야 한다. 건성으로 듣는다면 '했던 얘기 또 하네', '얘는 입을 열었다 하면 끝이 없어' 이런 불만을 가지게 된다. 하지만 가슴으로 듣게 되면 상대방이 어떤 고민을 가지고 있는지 나에게 원하는 것이 무엇인지 알게 된다. 그럼으로써 자연히 친밀감이 생기고 가까워지게 되는 것이다.

십대 시절은 더없이 소중하다. 이때 사귄 친구들은 평생 친구가 된다. 살다 힘들고 외로운 시기를 만날 때 십대 친구들은 아름드리나무처럼 용기와 위로가 된다.

지금부터 상대방의 말을 가슴으로 들어 보자. 경청은 마음을 끌어당기는 자석이라는 것을 잊지 말자.

✼ 경청은 강력한 설득이다

'경청의 달인', '세계적인 화장품 회사 메리 케이사의 창업자' 메리 케이 애시 회장(Mary Kay ash). 메리 케이는 1963년, 45세의 나이로 여성들을 위한 '꿈의 회사'를 세우기 위해 불과 5천 달러의 자본으로 메리 케이 코스메틱을 설립했다. 믿음, 가족, 일에 대한 우선순위와 조화를 강조하는 인간 경영 철학과 리더십으로 오늘날 메리 케이사(社)를 세계적인 화장품 회사로 성장시켰다.

메리 케이 애시는 회사 경영 외에 많은 책을 저술한 작가이자 자선 사업가로서 활발히 활동했다. 이런 성공과는 달리 그녀의 젊은 시절은 고통스러웠다. 그런 그녀가 어떻게 성공할 수 있었던 것일까?

　미국 텍사스 주에서 태어난 메리 케이는 일곱 살 때부터 병든 아버지를 간호해야 했다. 어려운 가정 형편 탓에 대학 진학을 포기해야 할 정도로 절망적이었다. 게다가 첫 남편과의 이혼 후 세 아이의 양육을 책임져야 하는 힘든 상황에 직면했다.

　불행은 여기서 그치지 않았다. 그녀는 20여 년간 하던 출판 세일즈 일을 그만두어야 하는 상황에 처했다. 실업자가 된 그녀는 끝없는 좌절과 절망감을 맛보아야 했다. 하지만 그녀는 상황에 끌려가기보다 항상 상황을 주도하려고 노력했다.

　메리 케이 애시는 자신만의 사업을 꿈꾸었다. 그리고 몇 년 후 자본금 5천 달러로 새로운 사업을 시작했다. 뷰티 컨설턴트가 고객과 일대일로 만나 제품을 판매하는 전통적인 방문 판매 코스메틱 회사인 '메리 케이 코스메틱사'를 설립한 것이다.

　애시는 누구보다 뷰티 컨설턴트 한 사람 한 사람을 소중히 여겼다. 수천 명의 직원 이름을 모두 기억했는가 하면 항상 칭찬으로 직원들이 자신감을 가질 수 있도록 동기 부여했다. 1966년부터는 가장 성공적인 뷰티 컨설턴트에게 핑크색 캐딜락을 수여해 전 세계 경제학자들로부터 창의적인 마케팅 보상 프로그램으로 인정받기도 했다.

　현재 메리 케이 코스메틱은 34개국 1백 30만 명이 넘는 뷰티 컨설턴트가 활동하고 있는 글로벌 브랜드가 되었으며, 소매 매출액은 연 20억 달러를 넘는 규모에 이른다.

　그녀가 성공할 수 있었던 것은 '경청하는 능력' 때문이었다. 직원 한 사람 한 사람의 말에 귀 기울여 주면서 그들에게 사랑을 보여주었다. 그러자 그들은 회사에 애정을 가지고 최선을 다해 일을 함으로써 성과를 발휘할 수 있었던 것이다.

언젠가 메리 케이 애시는 경청하는 능력이 훌륭한 리더의 필수 조건이라고 말한 바 있다. 그녀는 "북적대는 방에서 누군가와 이야기를 할 때 그 방에 둘만 있는 것처럼 상대를 대한다. 모든 것을 무시하고 그 사람만 쳐다본다. 고릴라가 들어와도 나는 신경 쓰지 않을 것이다."라고 말하면서 경청을 몸소 실천했다.

경청은 강력한 설득이다. 뿐만 아니라 돈 한 푼 들이지 않고도 상대방을 내 편으로 만드는 기술이다. 그래서 원만한 인간관계를 형성하는 사람들은 모두 경청의 달인들이다. 메리 케이 역시 경청의 달인답게 직원들의 얘기에 귀 기울일 줄 알았다. 그녀의 직함은 회장이었지만 직원들에게 있어 친구와 같은 존재였다. 그녀는 "나는 상대방을 직시한다. 설령 그 순간 고릴라가 들어온다 해도 나는 그것을 알아차리지 못할 것이다."라고 말했다. 사람들이 그녀를 좋아하고 열광하는 것은 상대방의 말을 집중해서 들어 주기 때문이다. 그 누구도 자신의 말을 귀담아 들어 주는 사람을 싫어하지 않는다. 오히려 더욱 친밀해지려고 애쓰게 마련이다.

메리 케이 애시는 항상 땅벌 에피소드를 강조했다. 기체학적으로 땅벌은 날 수 없는 곤충이다. 몸은 무거운데 날개는 빈약하기 때문이다. 하지만 자신의 무게를 잊고 자기 자신에 대한 믿음을 가질 때 땅벌은 날 수 있다. 메리 케이는 조직의 모든 구성원이 이렇게 자신에 대한 믿음을 가질 때, 그 조직은 성공한다고 생각했다. 상호 존중과 배려는 당장은 비능률적으로 보일지 모르지만, 결국은 구성원 모두가 자신의 무게를 잊은 채 훨훨 날아오를 수 있게 도와주는 최고의 리더십이기 때문이다.

메리 케이 애시는 현대의 가장 성공한 여성 사업가의 한 사람으로 꼽힌다. '포춘 500대 기업', '가장 일하고 싶은 미국 100대 기업' 등에 선정되는 대기업을 일궈 낸 그녀의 성공 비결은 상대방을 특별하게 생각하는 마음이었다. 그녀와 잠시라도 대화를 나눠 본 사람들은 자신도 모르게 그녀에게 매료되고 만다. 그녀를 만나 본 사람들은 그녀가 옆에 있기만 해도 그녀의 분위기에 쉽게 감염될 정도라고 말한다.

경청은 성공을 위한 필수 조건이다. 이건희 전 삼성 그룹 회장 역시 남의 말을 잘 듣는 것으로 유명하다. 그가 남의 말을 잘 듣는 대기업의 총수가 될 수 있었던 것은 이병철 회장의 가르침 덕분이다. 그가 삼성 부회장으로서 첫 출근하던 날, 이병철 회장은 그를 자신의 방으로 불렀다. 그리고 붓을 들어 그에게 직접 '경청'이라는 휘호를 써 주었다. 남의 말을 잘 듣는 경영자가 되어라는 뜻이었다.

이병철 회장은 생전에 남의 말을 경청하는 경영자였다. 상대방의 말을 끝까지 경청하고 나서 판단했다. 아버지의 영향으로 이건희도 상대방의 말을 끝까지 경청하는 경영자로 유명하다. 그러나 그가 한번 말을 시작하면 3~4시간은 기본이고, 10시간에 걸쳐 말을 할 때도 있다. 이어령 전 문화부 장관은 "그의 한 마디가 나의 열 마디를 누른다."는 말로 이건희의 경청에 감탄을 표하기도 했다.

메리 케이 애시 회장과 이건희 전 삼성 그룹 회장은 '경청'을 실천했다. 따라서 그들의 성공 비결은 '경청'에 있다고 해도 과언이 아니다. 경청은 사람의 마음을 얻는 힘이다. '경청의 달인'인 그들의 주변에 인재가 넘쳐 난 것은 어쩌면 당연한 일인지도 모른다.

상대방의 마음을 얻으려면 그 사람의 말에 경청하면 된다. 경청하는 순간 상대방은 경계심을 풀고 마음의 문을 열기 때문이다. 최선을 다해 상대방의 말에 귀 기울여라. 내가 경청하고 있는지 아닌지 상대방이 먼저 알고 있다. 따라서 집중하지 않고 딴 짓을 하는 순간 상대방의 마음은 닫히고 만다는 것을 명심하자.

자기 자신을 접어 두는
경청의 달인

중학교 3학년인 미라는 반에서 인기가 많다. 그래서 항상 주위에는 친구들이 넘쳐 난다. 그렇다고 미라가 공부를 잘하거나 예쁜 편도 아니다. 그런 미라가 반 친구들에게 인기가 많은 이유는 무엇일까?

미라의 대화하는 모습을 살펴보면 그 답을 찾을 수 있다.

4교시가 끝난 점심시간이었다. 미라는 그늘진 얼굴로 말없이 앉아 있는 혜주가 눈에 들어왔다.

'혜주가 웬일이지?'

미라는 혜주에게 다가갔다.

"혜주야, 혼자 여기서 뭐해?"

"어, 그냥…"

미라는 혜주의 얼굴 표정에서 고민이 있다는 것을 알 수 있었다.

"너, 무슨 고민 있구나. 그렇지?"

"아냐, 그런 거…"

미라는 혜주에게 고민을 캐묻기보다 먼저 자신의 고민을 털어놓았다. 성적이 더 떨어졌다는 것과 얼마 전 아버지가 명예퇴직을 하셨다고 말했다. 그래서 가족들이 많이 힘들어한다는 말도 덧붙였다. 이 말에 혜주는 깜짝 놀랐다. 항상 밝기만 한 미라에게 그런 고민이 있었다니 믿어지지 않았다.

"몰랐어. 너한테도 그런 고민이 있을 줄….."

혜주는 미안한 어조로 말했다.

"사람은 누구나 고민이 있어. 다만 그것을 숨기느냐 털어놓느냐 하는 것이지."

"맞아. 그런 것 같아."

"혜주야, 혼자서 힘들어하지 말고 나한테 얘기해 봐. 우린 친구잖아. 친구 좋다는 게 뭐야. 이럴 때 힘이 돼 주는 거지."

혜주는 잠시 망설였다. 고민을 털어놓으면 괜히 미라에게 부끄러운 치부를 들키는 것 같은 두려움도 들었다.

미라는 재촉하지 않고 혜주가 스스로 말할 수 있도록 기다렸다. 그러자 혜주가 천천히 말하기 시작했다.

"그게 말이야… 우리 엄마가 재혼한대. 며칠 전 엄마가 새아버지 될 분 소개시켜 주셨어."

"그랬구나. 그래서 혼란스러웠겠구나."

혜주는 말을 이었다.

"나는 엄마가 원망스러워. 우리보다 그 아저씨가 더 좋다는 거잖아. 무엇보다 재혼하게 되면 돌아가신 아버지를 잊게 될 테고 그런 엄마가 싫어. 그런 엄마가…."

혜주는 울음을 터뜨렸다. 미라는 가만히 혜주의 어깨를 다독여 주었다. 이런 상황에서 혜주에게 섣불리 위로의 말을 했다가는 오히려 마음의 상처가 된다는 것을 잘 알기 때문이다.

잠시 울고 난 뒤 혜주가 말했다.

"어쩌면 내 생각이 이기적일지도 몰라. 내 인생이 있듯이 엄마에게도 엄마 인생이 있으니까."

"……."

미라는 혜주의 말을 듣고 있었다.

"이제 힘들어도 엄마를 이해할래. 엄마도 나처럼 힘드실 거야."

혜주는 스스로 고민에 대한 해답을 찾을 수 있었다. 혜주는 자신의 말을 묵묵히 들어 준 미라가 너무도 고마웠다. 자신에게 가장 필요한 것은 아무 말 없이 들어 주는 것이었기 때문이다.

혜주는 자신의 말에 귀 기울여 준 미라가 한없이 고마웠을 것이다. 그러면서 마음 한편으로 '미라야, 너도 고민 있으면 나도 들어 줄게' 하고 다짐했을지도 모른다. 혜주가 스스로 미라에게 호감을 가지도록 하는 힘, 그것이 바로 미라가 친구들에게 인기 있는 이유이다.

유독 사람들에게 인기가 많은 사람들이 있다. 그들은 미라와 별반 다르지 않다. 먼저 상대방에게 좋은 친구가 되어 준다. 그가 힘들어할 때 다가가 고민을 들어 주는가 하면 위로가 되어 주고 용기를 준다. 그러면 상대방 역시 마음 깊이 고마움을 가지게 된다.

미국의 저명한 정신 분석학자인 칼 메닝거 박사는 이렇게 말했다.

"듣는 일은 신비한 자력을 가진 창조적인 힘입니다. 사람들은 자기 말을 잘 들어 주는 친구의 곁에 머물고 싶어 합니다. 누군가 우리 말에 귀 기울여 줄 때, 우리의 존재는 만들어지고 열리고 확장됩니다. 나는 이 진리를 깨달은 뒤부터 모든 사람에게 애정을 갖고 그들의 말에 귀를 기울입니다. 처음에는 건조하고 하찮고 지루한 이야기뿐일지 모르지만 곧 그들은 거기에 마음을 담기 시작합니다. 그리고 그때부터 놀랍도록 생생한 자신의 진정한 모습을 드러냅니다."

단비는 사막에 꽃을 피운다. 경청 역시 삭막한 인간관계에 꽃을 피운다. 만일 자신이 외롭다고 생각되면 경청하는 자세를 습관화해야 한다. 경청만큼 우정을 꽃피우게 하는 따뜻한 태양은 없다.

마지막으로 가족 치료 박사인 마이클 P. 니콜스의 말을 들어 보자.

"관심 있는 체하며 듣는 사람은 때때로 자기 자신을 속이기도 하지만 우리를 오랫동안 속이지는 못한다. 정말로 경청하는 사람은 속이거나 입 발린 말을 하거나 도발하거나 말을 끊지 않는다. 그들은 자기 자신은 접어 두고 경청한다."

진정한 대화는
물 흐르듯 이끌어 주는 것

대화를 할 때 유심히 살펴보면 대화를 주도해 가는 사람과 끌려가는 사람이 있다. 두 사람의 차이는 경청에 달려 있다. 상대방의 말에 귀 기울이느냐, 아니면 앵무새처럼 떠들어대느냐에 따라 대화의 주도권이 자신 혹은 상대방에게 갈 수 있다.

대부분의 사람들은 말을 많이 하는 사람이 대화의 주도권을 잡는다고 생각한다. 똑 소리 나는 요즘 십대들도 과연 이렇게 생각할까 하는 의문이 들었다. 그래서 몇몇 십대들에게 물었다.

"대화를 할 때 어떤 사람이 대화의 주도권을 쥐게 될까?"

그러자 하나같이 이렇게 답했다.

"당연히 말을 잘하는 사람이죠."

"말을 논리 정연하게 잘하는 사람이 주도권을 쥘 것 같아요."

십대들의 대답을 들으면서 왠지 모르게 씁쓸했다. 앵무새처럼 떠들어대는 사람이 말을 잘하는 사람, 그래서 대화를 이끌어 나갈 거라고 생각한다는 뜻이기 때문이다.

그러나 이는 잘못된 생각이다. 말을 많이 하게 되면 상대방에게 허점을 보이게 된다. 따라서 결코 대화를 자신이 원하는 방향으로 이끌어 갈 수 없다.

사실 주위에 대화의 주도권을 잡기 위해 쉴 새 없이 떠들어대는 사람이 있다. 이런 사람은 상대방에게 말할 기회를 주지 않는다. 상대방이 조금이라도 틈만 보이면 끼어들거나 중간에 말을 가로막기도 한다. 이런 사람과 대화를 하게 되면 반감이 생기고 짜증부터 나게 마련이다. 다시는 그와는 대화하고 싶은 생각이 들지 않는다.

그렇다면 어떻게 하는 것이 대화의 주도권을 잡는 데 도움이 될까? 자신의 말을 줄이고 상대에 말에 집중해서 경청하는 자세를 가지는 것이다. 경청하게 되면 말실수를 미연에 방지할 수 있고 무엇보다 상대방의 말뜻을 잘 이해할 수 있다. 그러면 자연히 원만한 대화를 나눌 수 있게 된다. 이렇듯 대화가 막히지 않고 물 흐르듯이 이끌어 주는 것이 진정한 대화의 주도권을 잡는 것이다.

사람들은 대화를 할 때 상대방에게 이끌려 가기보다 주도하기를 원한다. 그래서 대화법에 관한 책을 읽거나 스피치 학원 등에서 화술을 배우기도 한다. 대화를 주도할 수 있는 간단하고 쉬운 비결이 있다. 먼저 세 가지 질문에 대해 알아보자.

1. "네 꿈은 무엇이니?"

사람은 누구나 꿈을 가지고 있다. 그래서 누군가와 꿈에 대해 이야기를 나누고 싶어 한다. 특히 자신과 비슷한 꿈을 가진 사람을 만나게 되면 금세 친밀감이 생겨나게 된다.

2. "너는 이 부분에 대해 어떻게 생각하니?"

누구나 자신에게 조언을 구하는 사람에게 호감을 가지게 된다. 그래서 자연히 자신이 알고 있는 모든 지식과 정보를 들려주게 된다. 조언을 구하는 질문을 던지면 자연히 나는 질문을 던지는 쪽에 상대방은 답하는 쪽의 위치에 서게 된다.

3. "아, 그렇구나. 그래서 어떻게 되었는데?"

대화 중간 중간에 추임새를 넣어 줄 필요가 있다. "아하!", "정말?", "우와! 멋지다.", "그래서 어떻게 되었어?" 이런 추임새를 넣어 주면 상대방은 스스로 흥에 겨워 계속 말을 하게 된다. 결국 상대방은 통제력을 잃은 나머지 해선 안 될 말까지 하게 되는 실수를 범하게 된다. 자연히 대화의 주도권은 나에게 있다.

대화의 주도권을 잡기 위해선 상대방이 말을 많이 하도록 유도하는 것이 중요하다. 그러기 위해선 나는 말수를 줄이고 상대방의 말에 경청해야 한다. 무엇보다 경청하면 큰 힘 안 들이고 상대방에게서 나에 대한 이미지를 좋게 만들 수 있다.

조단 워즈의 저서 「백만장자 비밀수업」(베스트프렌드)에 보면 다음과 같은 말이 있다.

적극적인 경청의 자세는 상대방의 의견을 인정하는 게 아니라 상대방을 인정하는 것이다. 이 세상에는 천차만별의 사람들이 존재한다. 상대방의 의견에 동의하지 않더라도 그 말에 귀를 기울이고 그의 의견에 판단을 내리지 않는 것이 상대방에 대한 인정이다. 마음속으로 자신에게 이렇게 말한다.

"당신은 존중을 받을 만한 사람이야. 당신의 말에 나는 공감을 할 수 있고 경청을 할 거야. 당신은 그럴 자격이 있어."

이처럼 상대방을 인정한다고 해서 돈이 드는 것은 아니다. 오히려 마음속에서 상대방을 인정하고 존중하면 내게 알 수 없는 힘이 생긴다. 상대방에게 힘을 주기 때문에 나 자신에게도 힘이 생기는 것이다.

마음속으로 상대를 인정하고 이를 말로 표현하면 처음부터 "나는 당신을 존중합니다"라는 메시지를 기초로 해서 상대와의 관계가 형성된다. 이것은 내가 인정한다는 사실을 상대가 깨닫느냐 그렇지 않느냐와는 상관이 없다. 그러므로 적극적으로 경청을 하는 바로 그 순간부터 여러분은 관계의 주도권을 잡는 것이다.

경청은 신비로운 힘을 가지고 있다. 그냥 가만히 상대방의 말에 귀 기울였을 뿐인데 상대방은 마음을 열게 되고, 나에 대해 호감을 가지게 된다. 뿐만 아니라 말을 많이 한 사람은 본인이지만 들어 주기만 한 나를 말을 잘하는 사람으로 기억한다.

원만한 인간관계, 좋은 사람을 많이 사귀고 싶다면 경청을 습관화해야 한다. 경청은 상대방과 나를 통하게 하는 강력한 힘이기 때문이다.

마지막으로 조단 워즈의 말을 기억해 보자.

"경청의 기술은 자신의 뛰어넘어 상대방과 고유할 수 있는 공간에 들어가는 것이다. 이것은 고유 '공간'으로의 이동을 뜻한다. 겉으로 보면 아무런 행동도 하지 않는 것처럼 보이는 경청의 자세는 신비로운 동시에 강력한 힘을 얻는다."

상대방의 말을 집중해서 듣고 있다는 메시지가 필요해

세상에는 다양한 사람들이 있다. 자기 자신만 생각하는 사람, 살갑게 남까지 챙겨 주는 사람, 솔직한 사람, 위선적인 사람… 대화를 해 봐도 각기 다른 사람이 있다는 것을 알 수 있다. 나도 모르게 속마음까지 술술 털어놓게 만드는 사람이 있는가 하면 이야기를 오래 하고 싶지 않은 사람이 있다.

먼저 고등학교 1학년인 김연아와 신혜나를 만나 보자. 연아는 친구들과 두루 친하다. 반면에 혜나는 몇몇 친구와 친할 뿐이다. 두 사람의 차이점은 무엇일까? 연아는 친구들과 대화를 할 때 가만히 경청하기보다 적절하게 맞장구를 친다. "정말?", "그래서?", "우와! 대단하네." 이런 맞장구에 상대방은 더욱 신이 나 말을 계속하게 된다.

그러나 혜나는 맞장구를 치는 법이 없다. 가만히 듣기만 할 뿐이어서 시간이 흐를수록 상대방은 불안해진다. '얘는 내 얘기를 듣고 있는 걸까?', '누군 입 아프게 얘기하고 있는데 지는 딴생각하고.' 이런 불만을 가지게 된다. 그 결과 다시는 혜나와 대화를 하고 싶어 하지 않는다. 무시당하는 기분이 들기 때문이다.

연아와 혜나의 대화하는 방식을 좀 더 자세하게 살펴보자.

★★ 김연아

"미선아, 넌 꿈이 뭐야?"

연아가 미선에게 물었다.

"내 꿈?"

"응. 궁금해."

"난 의사가 되고 싶어."

연아는 궁금하다는 표정으로 다시 물었다.

"의사가 되고 싶은 특별한 이유라도 있어?"

"큰아버지가 의사신데 주말에는 양로원에서 무료 진찰을 해 주시거든."

"정말?"

"응, 나도 큰아버지처럼 훌륭한 의사가 되고 싶어."

"미선이 넌 분명 그렇게 될 수 있을 거야."

"그럴까?"

"그럼, 네가 안 되면 누가 되겠니?"

미선은 연아와 얘기를 하면 마음이 한결 편안해진다. 자신의 마음을 잘 이해해 주기 때문이다.

★★ 2 신혜나

"미선아, 네 꿈은 뭐야?"

혜나가 미선에게 물었다.

"내 꿈은 의사가 되는 거야."

"그렇군."

혜나는 심드렁한 표정으로 말했다. 그러자 미선은 왠지 모르게 기분이 좋지 않았다.

이번에는 미선이 혜나에게 물었다.

"그러는 네 꿈은 무엇이니?"

"난 비밀."

"뭐야?"

"나중에 알게 될 거야. 호호."

혜나는 도도한 표정을 지었다.

미선은 속으로 부아가 치밀었다. 괜히 기분이 나쁘고 혜나에게 꿈을 말한 자신이 원망스러웠다.

'정말 재수 없어! 다시 말하나 봐라.'

연아가 미선과 대화하는 것을 보면 어떤 생각이 드는가? 상대방의 마음을 잘 이해해 주고 배려해 준다는 생각이 든다. 여러분이 이런 생각이 든다면 미선은 몇 배나 더 연아에게 고마운 마음이 들 것이다. 이것이 연아가 친구들에게 사랑받는 비결이다.

그러나 혜나의 경우는 어떤가? 혜나의 말투는 사이다처럼 톡 쏘는 말투이다. '아니면 말고' 식의 말투는 상대방에게 반감을 가지게 한다. 한번 해보자는 식으로 대하는데 누가 좋아할까? 이런 식의 대화에서는 맞장구 전법도 통하지 않는다. 처음부터 이런 사람과는 대화를 하지 않는 것이 좋다.

누군가와 대화를 할 때 신경 써야 할 부분이 많다. 경청하고 최대한 다정다감하게 말을 하는 것이 좋다. 또 대화 중간 중간에 손바닥을 치듯이 맞장구를 쳐 줄 필요도 있다. "정말?", "그래서?", "우와! 대단하네." 이런 맞장구는 '지금 나는 너의 말을 집중해서 듣고 있어'라는 메시지와 같다. 그러니 당연히 상대방은 안심하고 말을 계속하게 된다.

경청으로 친구의 마음을 끌어당길 거야

돈 많은 재벌 부부가 살고 있었다. 이들에게는 자식이 없어 긴 여생을 조금은 쓸쓸하게 보냈다. 그래서 노부부는 그 많은 재산을 유익한 일에 쓰고 싶었다.

"우리, 전 재산을 교육 사업에 헌납하기로 해요."

다음 날 부부는 미국의 명문 하버드대학을 방문했다. 정문을 막 들어서려는데 허름한 옷차림의 노부부를 본 수위가 그들을 불러 세웠다. 그리고는 불친절하게 따지듯이 물었다.

"이보세요. 지금 어디로 가시는 겁니까?"

"총장님을 만나러 왔습니다."

수위는 무시하는 태도로 대답했다.

"총장님이 당신들을 만날 만큼 한가한 분인 줄 아시오?"

노부부는 수위의 태도에 불쾌했지만 마지막으로 한마디 더 물었다.

"대학교를 설립하려면 돈이 얼마나 듭니까?"

수위는 여전히 심드렁하게 대답했다.

"내가 그걸 어떻게 압니까? 그리고 당신이 그건 왜 묻습니까?"

마음에 상처를 받은 노부부는 기부하는 것을 없던 일로 하고 직접 학교를 짓기로 결심했다. 그들이 가진 전 재산을 투자하여 설립한 대학이 바로 지금 미국에서 제일가는 대학 중의 하나인 스탠포드이다.

한편 이 사실을 뒤늦게 안 하버드대학에서는 그날의 잘못을 반성하며 아쉬워했다.

만일 수위가 노부부의 말에 경청했더라면 노부부는 하버드대학에 재산을 헌납했을 것이다. 그리고 오늘날의 스탠포드대학은 없을지도 모른다. 하지만 그런 일은 일어나지 않았다. 수위가 노부부의 말을 경청하지 않았기 때문이다.

내 말은 반으로 줄이고 대신 타인의 말에 경청하자. 경청은 타인의 마음을 끌어당기는 자석이다. 무엇보다 상대방의 말에 귀 기울이지 않으면 황금 기회는 다른 곳으로 가 버린다. 경청할 때 포도송이 같은 기회의 주인이 될 수 있다.

지금 자신의 모습이 맘에 드는가?
인생은 크고 작은 오르내림의 연속이야
미룸병의 강력한 처방전
과거의 선택이 지금의 나를 만들었다
가장 중요하고 급한 일부터

다섯 번째 다짐
간절히 원하는 꿈을 위해
당장의 쾌락을 포기하겠어

제5장

올바른 선택은
성공의 나침반

지금 자신의 모습이
맘에 드는가?

인생에서 늦는 일은 없다. 그런데 너무나 많은 사람들이 "다시 시작하기엔 너무 늦다."며 포기해 버린다. 며칠 전 한 강연회에서 중소기업에 다니는 30대 남성과 대화를 나눌 기회가 있었다. 그는 자신의 직업에 불만을 가지고 있었는데, 집이 가난한 탓에 고등학교도 제대로 나오지 않았다고 했다. 그러면서 그는 이렇게 말했다.

"대학교만 나왔더라면 지금처럼 힘든 일을 하고 있지 않을 겁니다."

나는 지금이라도 늦지 않았으니 공부를 해 보는 게 어떻겠냐고 물었다. 그러자 그는 고개를 떨구며 이렇게 말했다.

"하지만 이젠 너무 늦었어요. 애도 있고…"

공부를 계속하고 싶다면 지금이라도 입학해서 대학교 과정을 마칠 수 있다. 그런데도 "이젠 너무 늦었어."라며 포기해 버린다. 과연 늦어서 못한다는 말이 사실일까?

늦은 나이에 사업을 시작해서 세계적인 회사를 키워 낸 사람이 있다. 캔터기 프라이드치킨으로 유명한 KFC의 창업자 커넬 할랜드 샌더스이다. 그는 6살에 아버지를 잃고 얼마 후 어머니는 가출해 버렸다. 그는 10세 때부터 생계를 위해 농장 일을 시작으로 직업 군인, 철도 회사, 변호사, 보험 영업, 건설 현장, 주유소 판매원 등 닥치는 대로 일을 하다 39세에 주유소와 카페를 차렸다. 식당은 유명해지고 관광의 명소로 자리 잡으며 그는 다시 모텔 사업도 시작하였으나 화재로 모두 잃고 말았다.

그러나 그는 포기하지 않고 국도에 다시 카페를 세우지만 새로운 고속도로가 생기면서 카페는 경매에 넘어가고 노숙자 신세로 전락하고 말았다. 그때 그의 나이 65세였다.

그에게는 정부에서 지급하는 연금 105달러가 전 재산이었다. 하지만 그는 낡은 트럭에 전 재산을 털어 구입한 압력솥을 싣고 길을 떠났다. 그가 레스토랑을 운영하며 꾸준히 개발해 온 그만의 독특한 조리법, 그 조리법을 팔기 위해 트럭에서 잠을 자고 공중화장실에서 면도를 하며 미국 전역을 돌아다녔다. 그러나 그 누구도 관심을 가져 주는 사람은 없었다. 그에게 로열티를 지급하고 조리법을 사 줄 투자자는 쉽게 나타나지 않았다.

"실패하면 방법을 달리해서 또 도전한다. 할 때까지, 될 때까지,

이룰 때까지!" 그렇게 3년을 보내고 1009번의 거절 끝에 마침내 68세 때 1,010번째로 찾아간 음식점에서 첫 계약을 성사시켰다. 첫 계약자는 피터 하먼이라는 사람으로 그에게 KFC이라는 이름도 제안했다. 요리법을 살 사람이 나타났고 KFC 1호점이 탄생하는 순간이었다.

그는 자신의 성공 비결을 이렇게 말했다.

"훌륭한 생각을 하는 사람은 많지만 행동으로 옮기는 사람은 드물지요. 나는 포기하지 않았어요. 대신 무언가를 할 때마다 그 경험에서 배우고 다음번에는 더 잘할 수 있는 방법을 찾아냈으니까요."

이렇게 출발한 KFC는 현재 전 세계 80여 개국에 약 1만 3000여 곳의 매장을 가진 세계적인 프랜차이즈로 성공했다. 거넬 할랜드 샌더스가 성공할 수 있었던 것은 늦었다고 망설이지 않았기 때문이다. 인생에는 절대 늦는 법은 없다. 무언가를 해야겠다고 마음먹고 즉시 실행에 옮기는 순간이 가장 빠르다.

78세 때 그림을 그리기 시작해 '그랜마 모세'라는 애칭으로 알려진 미국의 화가 안나 메리 로버트슨. 그녀는 남들은 인생을 정리할 시점에 화가의 길로 '제2의 인생'을 시작했다.

1860년 9월 7일 태어난 그녀는 27세에 농부인 토머스 새먼 모세와 결혼한 뒤 생애의 대부분을 뉴욕 주 북부의 한 시골에서 평범한 주부로 살았다. 그림을 그리기 시작한 것은 남편이 먼저 세상을 떠나 홀로 남게 된 78세 때부터였다. 정규 미술 교육을 받은 적이 없지만 그동안의 인생 경험을 캔버스에 그렸다. 겨울날 썰매

타기, 추수감사절 잔치 등 시골 마을의 단순한 일상에 대한 애정 등 소박하고 정직한 삶이 그림으로 다시 태어났다.

그녀는 자신의 그림을 동네 약국에 걸어 두었다. 그런데 마침 그곳을 지나던 미술품 수집가인 루이스 캘도어가 이 그림을 발견해 이듬해 그의 작품을 뉴욕 미술 무대에 출품함으로써 일약 스타가 되었고 '그랜드마 모세'라는 별칭을 부여받았다.

그녀는 오른손의 관절염이 점점 심해지자 왼손으로 그림을 그렸다. 세상을 떠나기 1년 전인 100세 때까지 그림을 그린 그녀는 "삶은 우리 자신이 만드는 것이다. 늘 그래 왔고 앞으로도 그러할 것이다."라는 말을 남겼다.

무언가를 시작하기에 인생에 늦는 법은 없다. 늦었다는 핑계로 망설이기 때문에 할 수 없게 되고 정말 늦어지는 것이다. 더군다나 여러분과 같이 십대의 시기에는 얼마든지 다시 시작할 수 있다. 부족한 과목을 집중적으로 공부하거나 소원해진 친구와 관계를 돈독하게 만들 수 있고, 아직 꿈을 찾지 못했으면 가슴 뛰는 꿈을 찾을 수도 있다. 나쁜 습관을 좋은 습관으로 바꾸어 얼마든지 자신을 더 나은 사람으로 변화시킬 수 있다.

절대 인생에서 늦었다는 생각을 해선 안 된다. 물론 가끔 새로운 것을 하기에 늦었다는 생각이 머리를 들 때가 있다. 그럴 때 커넬 할랜드 샌더스와 안나 메리 로버트슨을 떠올려 보라. 그들은 남들이 모두 인생을 정리할 때 인생 최고의 전성기를 누리지 않았는가.

인생은 크고 작은
오르내림의 연속이야

우리나라에 이병철과 정주영이 있다면 일본에는 마쓰시타 고노스케가 있다. 자신이 처한 혹독한 환경을 불굴의 의지로 극복하고 스스로의 운명을 개척해 나갔던 그의 인생은 하나의 자기 계발서라고 할 수 있다.

'경영의 신'이라 불리던 일본의 마쓰시타 전기 산업(현 파나소닉)의 회장 고(故) 마쓰시타 고노스케는 집이 몹시 가난해서 어릴 때부터 구두닦이, 신문팔이를 해야 했다. 뿐만 아니라 몸이 매우 약해서 항상 운동을 게을리하지 않아야 했다. 또 초등학교도 졸업하지 못했기 때문에 세상 모든 사람을 스승으로 여기며 살았다.

아버지의 사업 실패로 집안이 풍비박산이 난 마쓰시타는 9살 때

초등학교를 중퇴하고 자전거 점포의 견습사원으로 일했다. 1918년 24세 때 그동안 모은 자본금 100엔으로 쌍가지 소켓을 제조하는 마쓰시타 전기를 창업했다. 일 년에 절반은 누워 있어야 될 정도로 몸이 약했음에도 불구하고 그는 독자적 경영 이념과 수완으로 급성장을 일구어 냈다.

그렇다면 지독하게 가난했던 마쓰시타가 어떻게 눈부신 성공을 이룰 수 있었는가? 그의 성공 비결은 그다지 어렵지 않다. 그는 남들이 사소하게 생각했던 간단한 진리를 실천에 옮겼던 것이다.

마쓰시타가 젊었을 때의 일이다.

어느 날 밤길을 걷고 있었는데 어느 집에서 싸우는 소리가 들렸다.

"라디오는 다리미질하고 나서 들어요!"

"라디오 듣고 난 후에 다리미질하면 되잖아!"

가만히 들어 보니 다리미질을 하려는 여자와 라디오를 들으려는 남자가 서로 콘센트를 차지하려 다투는 소리였다. 이때 그의 머리에 아이디어 하나가 번뜩 떠올랐다.

'아하! 왜 여태 이 생각을 못했지.'

바로 '쌍가지 소켓'이었다. 이것은 훗날 마쓰시타가 훗날 세계적인 대기업으로 성장하는 발판이 되었다.

마쓰시타는 항상 배우는 자세로 타인의 말을 경청할 줄 알았다. 그리고 어떤 아이디어라도 자신의 사업에 활용하기 위해 노력했다. 만일 그가 어느 집에서 싸우는 소리를 듣고 그냥 지나쳤다면 오늘날의 파나소닉은 존재하지 않을지도 모른다. 사실 인생을 바꿔 줄 아이디어는 주변에 널렸다. 그런데도 사람들은 아이디어를 자기 것으로 만들지 못한다. 자꾸만 다른 곳에서 기웃거리기만 할 뿐이다.

1964년 일본에 불황이 닥쳤을 때 어느 회사의 사장이 마쓰시타에게 경영 악화로 힘들다고 호소했다. 그때 그는 이렇게 반문했다.

"지금까지 소변이 붉게 된 적이 있습니까? 소변이 붉어질 정도의 마음고생 없이는 사업이 발전할 리 만무합니다."

그는 덧붙여 말했다.

"어떻게 하면 2층에 올라갈 수 있을까를 밤낮으로 고민하는 사람만이 사다리를 발명할 수 있습니다."

마쓰시타는 그 사장에게 끊임없이 도전해 볼 것을 조언했다. 6개월 후 그 사장은 경영 악화를 극복하고 사업을 크게 확장할 수 있었다.

어려움은 국적과 연령, 성별을 불문하고 누구에게나 있다. 그런데 어떤 사람은 어려움을 극복하고 더 큰 성공을 이루는 반면에 어떤 사람은 더 힘든 상황에 처하게 된다. 그 이유를 마쓰시타는 이렇게 말했다.

"사람이 지식만 있고 용기와 열정이 없으면, 끊임없는 도전보다는 '되지 않는 이유'만을 늘어놓기 쉽습니다. 어설픈 지식으로는 불굴의 의지로 도전하는 기백이 없어집니다. 쇠를 녹일 정도의 열정이 있다면 어떻게든 지혜가 솟는 법입니다."

언젠가 한 직원이 마쓰시타에게 이렇게 물었다.

"회장님은 어떻게 이처럼 큰 성공을 하실 수 있었습니까?"

그는 이렇게 대답했다.

"나는 세 가지 하늘의 큰 은혜를 입고 태어났다네. 첫째 가난한 것, 둘째 허약한 것, 셋째 못 배운 것이지.”

그러자 직원은 놀란 눈으로 말했다.

“아니 세상의 불행을 다 갖고 태어나셨는데도 그것을 하늘의 은혜라고 하시니 이해할 수 없습니다.”

마쓰시타는 이렇게 대답했다.

“나는 가난 속에서 태어났기 때문에 열심히 일하지 않고서는 잘 살 수 없다는 진리를 깨달았다네. 또 약하게 태어난 덕분에 건강의 소중함을 일찍 깨달았고 몸을 아끼고 건강관리에 힘써 지금 90살이 넘어서도 겨울에 냉수마찰을 할 정도라네. 또 초등학교 4학년을 중퇴했기 때문에 세상 모든 사람을 내 스승으로 받들어 배우는 데 힘쓸 수 있었고 많은 지식과 상식을 얻었다네. 나는 ‘하늘은 스스로 돕는 자를 돕는다’는 말을 굳게 믿고 살아왔다네.”

여러분 가운데 마쓰시타와 같은 불행을 가진 사람은 없을 것이다. 비록 가난하긴 해도 몸은 건강할 테고, 몸이 허약하더라도 경제적 어려움 없이 살지도 모른다. 가난과 허약한 몸을 타고났더라도 공부는 마음껏 할 수 있을 것이다. 여러분에 비하면 마쓰시타는 온갖 불행을 타고났다고 해도 과언이 아니다. 그런데도 그는 괄목할만한 업적을 남겼다. 그 비결은 자신에게 처한 불행한 환경을 긍정적으로 해석한 데 있다.

여러분, 꿈을 실현하고 멋진 인생을 살고 싶은가? 그렇다면 마쓰시타처럼 이기는 습관을 가져야 한다. 마음에 들지 않는 환경을 긍정적으로 바꿔 생각할 줄 알아야 한다는 것이다.

마쓰시타 고노스케의 말을 뼛속 깊이 새겨 보자.

"인생의 길은 크고 작은 오르내림이 따른다. 올라가기만 하는 일도 없고 내려가기만 하는 일도 없다. 오르내림을 반복하는 동안 사람은 갈리고 닦이고 연마된다. 그러므로 어쩌다가 위에 올라갔다고 해서 우쭐댈 필요도, 또 아래에 있다고 비관할 필요도 없다. 중요한 것은 언제나 묵묵한 자세로 밝은 희망을 가지고 걸어가는 일이다. 마음이 교만에 빠지거나 절망에 빠져 들 때는 이런 진리를 다시 한 번 생각해 보자."

미룸병의
강력한 처방전

세상에서 가장 무서운 것은 무엇일까?
암이나 에이즈와 같은 병이 아니다. 바로 '미룸병'이다. '내일 하면 되지.', '다음에 하면 돼.', '이따가 하지 뭐.' 이런 미룸병은 아무것도 못하게 만들기 때문이다.

미룸병 환자들은 갖은 핑계를 둘러대며 행동하지 않는다. 이들에게 설사 좋은 기회가 주어져도 계속 미루다 놓치고 만다. 이들은 버스가 지난 뒤 손 흔들기 달인들이다. 하지만 아무리 손 흔들어도 떠난 버스는 돌아오지 않는다.

성공한 사람들 가운데 절대 미룸병 환자는 없다. 해야 할 일이 있으면 그때그때 처리하는 습관을 가지고 있기 때문이다. 반면에 실패자들은 대부분 미룸병 환자들이다. "너무 바빠서.", "몸이 아파서.", "귀찮아서.", "급한 사정이 있어서." 이런 다양한 핑계를 발명해 낸다. 핑계는 곧 실패의 무덤이 된다.

덴마크의 유명한 실존주의 철학자인 키에르케고르는 결단을 내리지 못한 채 이런저런 핑계로 기회를 놓치는 사람들에게 다음과 같은 이야기를 들려주곤 했다.

"겨울의 찬바람을 피하기 위해 따뜻한 남쪽 지방으로 날아가던 철새 떼들이 첫날밤 덴마크의 어느 시골 밭에 내려앉아 옥수수를 주워 먹고 있었다. 배부르게 먹고 난 후 떠날 채비를 하고 있는데 그중 한 마리가 한사코 같이 떠나지 않고 하루만 더 쉬었다가 가겠다고 했다.

"이렇게 맛있는 옥수수가 많은데 그냥 갈 수 없어."

지천에 널려 있는 맛있는 옥수수를 그냥 두고 떠나기는 동료 새들도 마찬가지였다. 하지만 갈 길이 바쁜 것을 잘 알고 있었기 때문에 미련을 버렸다. 결국 다음 날 한 마리의 철새만 남겨 두고 모두 남쪽을 향해 날아갔다.

남아 있는 한 마리의 새는 '하루쯤인데, 어때?' 하는 안일한 마음으로 출발을 미루었다. 하지만 그다음 날이 되어서도 떠나지 않았다. 옥수수를 그냥 두고 가기가 아쉬워서, 옥수수를 주워 먹느라 피곤해서, 배가 불러서… 이렇게 철새는 날마다 미루는 버릇을 가지게 되었다.

어느덧 날씨가 추워져서 더 이상 머물러 있다가는 얼어 죽을 것 같았다. 철새는 길을 떠나려고 날개를 쭉 펴고는 힘차게 날갯짓을 해 보았다. 그러나 아무리 날갯짓을 해도 몸이 뜨지 않았다. 그동안 너무 많이 먹은 탓에 뚱뚱해져 날 수가 없었다. 결국 그 새는 날지 못한 채 눈 속에 파묻혀 죽고 말았다."

여러분 중에도 미룸병 환자가 있을 것이다. 그런데 정작 본인은 자신이 미룸병 환자인지 자각하지 못한다. 그렇다면 좋은 방법이 있다. 다음 질문에 답해 보라.

"지금 당장 해야 할 일을 다음으로 미루는가?"

"그동안 귀찮거나 피곤하다는 핑계로 해야 할 일을 미룬 적은 없는가?"

하나라도 "그렇다."라는 답을 한다면 분명 미룸병 환자이다. 미룸병은 즉각 고치도록 노력해야 한다. 질병은 육체를 고통스럽게 하는데 그치지만 미룸병은 인생 전체를 고통스럽게 하기 때문이다. 행복한 인생을 살 수 있는데도 불구하고 불행한 인생을 사는 사람들이 있다. 그런데 그들 대부분이 미룸병 환자들이라는 것을 보면 정말 심각한 문제가 아닐 수 없다.

미국의 여객선 센트럴 아메리카호가 뉴욕을 떠나 샌프란시스코로 향하고 있었다. 그런데 바다 한가운데서 암초에 부딪혀 배 밑바닥에서 바닷물이 조금씩 새어 들고 있었다. 이 소식을 듣고 구조선 한 척이 다가와 외쳤다.

"승객들이 위험합니다. 승객들을 빨리 구조선에 옮겨 태우십시오."

그러나 아메리카호의 선장은 별로 걱정하는 빛이 없었다. 그는 태연한 어조로 이렇게 말했다.

"바닥에 구멍이 뚫린 것은 사실입니다. 하지만 내일 아침까지는 견딜 수 있습니다. 너무 걱정하지 마십시오."

시간이 지날수록 배는 점점 가라앉았다. 구조선의 선원들이 거듭 경고했다.

"시간이 없습니다. 승객을 모두 갑판 위로 올라오게 하십시오. 더 이상 지체하면 위험합니다."

선장은 여전히 태연했다.

"지금은 어두운 밤입니다. 배를 옮겨 타는 과정에서 사고가 날 수도 있습니다. 내일 아침까지만 기다려 주십시오."

그러나 이튿날 아침 센트럴 아메리카호는 흔적도 없이 바닷물에 가라앉아 사라지고 없었다.

선장의 미룸병이 낳은 참사였다. 선장이 미루지 않고 즉각 구조선이 시키는 대로 승객들을 옮겨 타게 했더라면 단 한 명의 인명피해도 낳지 않았을 것이다.

나폴레옹은 "오늘 불행은 언젠가 내가 잘못 보낸 시간의 보복이다."라고 말한 바 있다. 분명 지금 당장 해야 할 일을 미루게 되면 머지않아 어려움에 직면하게 된다. 학생이 PC게임 때문에 공부를 등한시했다면 나쁜 성적표를 피할 수 없다. 평소 업무를 소홀히 한 직장인이라면 승진 심사에서 누락될 것임은 자명한 사실이다.

꿈꾸는 인생을 살고 싶다면 미룸병에서 벗어나야 한다. 해야 할 일이 있다면 미루지 말고 당장 처리하자. 공부, 학원 가기, 메일 쓰기, 약속, 운동, 독서… 즉각 행동으로 옮기면 핑계가 생겨날틈이 없다. 행동이야말로 미룸병의 가장 좋은 강력한 처방전이다.

과거의 선택이
지금의 나를 만들었다

"난 내가 원하는 멋진 인생을 살겠어!"

"영화 속 주인공처럼 모두들 부러워하는 삶을 살아야지."

모두들 꿈꾸는 인생을 살고 싶어 한다. 영화나 드라마 속 주인공처럼 주도적인 인생을 살기를 갈망한다. 하지만 인생은 그리 호락호락하지 않다. 대다수 많은 사람들의 꿈은 그저 꿈으로 끝나고 만다. 인생의 뒤안길에서 "내가 원했던 인생은 이런 것이 아니었는데…" 하고 탄식하게 된다.

그렇다면 왜 자신이 꿈꾸는 인생을 살기가 힘든 것일까? 그것은 성공을 위한 전략에 비밀이 있다. 성공하는 인생을 위한 전략에서 중요한 요소는 '선택'과 '집중'이다. 미국의 흑인 배우 빌 코스비는 선택과 집중에 대해 이렇게 말했다.

"나는 성공의 열쇠가 무엇인지는 모르지만, 실패의 열쇠가 무엇인지는 알고 있습니다. 그것은 모든 사람을 만족시키려고 하는 것이지요."

주도적인 인생을 사는 사람들은 하나같이 매 순간 선택과 집중의 달인들이다. 어느 순간에 어떤 선택을 할 것이며, 어떻게 집중할 것인지를 잘 알고 있다. 그래서 현명한 선택을 하게 되고 모든 역량을 집중할 수 있는 것이다. 그 결과 기대했던 것 이상으로 성과를 내게 된다.

한 소년이 자신이 쓴 소설을 문학상에 응모했다.

"우와! 대단해. 이렇게 훌륭한 작품이 겨우 열다섯 살밖에 안 된 소년의 작품이란 말인가?"

"정말 뛰어난 작품이오."

심사 위원들은 하나같이 탄성을 내질렀다. 시간이 흐르면서 소년의 어린 나이가 걸림돌로 작용했다.

"작품은 뛰어나지만…"

심사 위원들은 상을 주기에는 소년의 나이가 너무 어리다고 생각했다. 결국 소년의 작품은 상위권에 들지 못하고 입선작에 그치고 말았다. 소년은 잠깐 좌절했지만 다시 툴툴 털고 일어났다.

그 후 소년은 좌절하지 않고 밤낮으로 소설 쓰기에 빠져 지냈다. 하루 종일 책을 읽거나 글을 쓰는 일이 가장 행복했다. 하지만 소년의 가족들은 탐탁지 않게 생각했다.

하루는 아버지가 소년을 불러 충고했다.

"애야, 글 쓰는 일은 할 일 없는 사람이나 하는 일이란다. 내 생각에 너는 씩씩한 군인이 되는 편이 좋겠다."

그러나 소년은 아버지에게 당당하게 자신의 꿈을 말했다.

"아버지, 저는 군인보다는 훌륭한 소설가가 되고 싶습니다. 글을 쓰는 일이 제가 가장 좋아하는 일입니다."

아들이 말을 듣지 않자 아버지는 더욱 화가 치밀었다.

"아버지가 시키면 시킨 대로 할 것이지. 무슨 말이 많아!"

소년도 소신을 굽히지 않았다.

"아버지의 뜻을 잘 알지만 저는 소설가의 길을 선택했습니다. 아버지께서 저를 이해해 주십시오."

"나는 절대 허락할 수 없다!"

아들이 고집을 피우자 아버지는 학비를 끊어 학교에 다니지 못하게 했다. 그렇게라도 아들을 군인으로 만들고 싶었기 때문이다.

그러나 소년은 자신의 꿈을 포기하지 않았다. 소년은 꼭 학교에서만 문학을 배울 수 있다고 여기지 않았다. 오히려 세상에서 직접 몸소 부딪혀 가며 배우는 것이 진정한 문학이라고 생각했다.

갈수록 부모님의 반대가 심했지만 소년은 더욱 치열하게 소설을 썼다. 부모님이 학비를 대 주지 않았기 때문에 직접 돈을 벌어 학교에 다녀야 했다. 열다섯 살밖에 안 된 소년이 감당하기에는 너무나 고통스러웠다. 소년은 현실이 힘들수록 더욱더 소설 쓰기에 매달렸다. 아무도 알아주지 않는 자신과의 고독한 싸움이었다.

"빅토르, 힘들지 않니? 힘들게 공부하는 네 모습을 보니 내 가슴이 다 아프구나."

시간이 지나면서 그토록 반대했던 형이 동생을 위로했다.

"형, 나를 이해해 줘서 정말 고마워. 아버지 어머니도 형처럼 나를 이해해 주셨으면 좋겠어. 난 정말 소설 쓰는 일이 너무나 행복해. 오래전부터 소설가의 길을 걷기로 나 자신과 약속했어."

소년은 형의 지지 속에 열심히 소설을 썼다. 소년은 자신의 선택을 믿었고 그 선택에 집중했다. 그리고 매 순간 반드시 소설가로서 크게 성공하겠다는 결의를 다졌다. 그리고 마침내 소년은 자신의 꿈을 실현시켰다. 이 소년이 바로 명작 「레 미제라블」을 쓴 프랑스의 소설가 빅토르 위고이다.

지금보다 더 나은 미래를 원한다면 지금 이 순간 옳은 선택을 해야 한다. 미래는 수많은 선택들 위에 세워지기 때문이다.

휴렛패커드의 개발사인 찰스 하우스는 NASA에 제공할 모니터를 개발하는 데 성공했다. 그가 개발한 모니터는 기존의 제품보다 가벼우면서도 전력 소모량 등 비용 면에서 절감 효과가 크다는 장점을 가지고 있었다. 그런 우수성에 힘입어 NASA에 모니터를 납품하게 되었다.

그러나 납품 결과 NASA는 그의 모니터를 반품시켰다.

"시험해 본 바 귀사의 모니터는 우리 NASA에는 적합하지 않다는 결론이 나왔습니다."

찰스 하우스가 개발한 모니터가 여러 장점을 가지고 있는 것은 분명하지만 NASA에는 적합하지 않다는 것이 이유였다. 모니터는 불행하게도 NASA뿐 아니라 시장에서도 수요가 없었다.

하우스는 자신이 개발한 모니터가 시장에서 고전을 면치 못하자 직접 제품에 맞는 고객을 찾는 데 고심하기 시작했다.

"분명 장점을 극대화시키면 고객들이 알아줄 거야."

하우스가 직접 시장과 고객을 분석하고 나서자 마케팅 담당 직원들은 부정적인 시선을 던지며 그의 실패를 장담했다. 하지만 그는 마케팅적 사고를 통해 개발자로서 쉽게 떠올리기 어려운 발상의 전환을 이루어 냈고 마침내 시장에서 그의 제품을 향한 수요는 기하급수적으로 늘어났다. 많은 고객 기업들 가운데 NASA도 포함되어 있었다.

여러분은 매일 선택하고 집중한다. 과거에 했던 선택과 집중이 현재의 나를 만들었다. 지금 자신의 모습이 마음에 드는가? 스스로의 대답에 따라 그동안의 수많은 선택과 집중이 현명한 것이었는지, 그른 것이었는지 판단할 수 있다.

매 순간 자신이 결정한 현명한 선택과 집중이 쌓여 더 나은 인생을 만든다. 그렇다면 성공하는 인생을 살기 위해선 자신이 내리고 있는 '선택'과 '집중'에 대해 진지하게 고민해 보아야 하지 않을까?

가장 중요하고
급한 일부터

성공하는 사람들의 특징이 있다. '가장 중요하고 급한 일부터 처리한다'는 것이다. 그래서 시간을 더 효율적이고 생산적으로 활용한다. 반면에 실패하는 사람들은 덜 중요하고 덜 급한 일부터 한다. 그래서 소중한 시간을 비생산적인 일에 빼앗기고 만다. 그 결과 자신의 꿈과 멀어지고 힘든 나날이 이어지는 것이다.

모든 일은 그 중요도에 따라 중요한 일과 중요하지 않은 일로 구분할 수 있다. 또 시급성에 따라 급한 일과 급하지 않은 일로도 나눌 수 있다. 그렇다면 일을 할 때 어떤 일부터 처리해야 할까?

첫째, '중요하고 급한 일'을 가장 먼저 해야 한다. 그다음으로

'중요하지만 급하지 않은 일'을 처리해야 한다. 어떤 사람은 '급하지만 중요하지 않은 일'부터 시작한다. 그 결과 시간 활용에 있어 실패하게 된다.

'중요하지만 급하지 않은 일'에는 어떤 것이 있을까? 예를 들면 학교 성적을 높이기 위해 부족한 과목 공부나 건강을 위해 운동을 하는 일, 친구의 고민을 들어 주는 일, 독서하는 일 등을 꼽을 수 있다. 사실 이 일들은 모두들 중요하다는 것은 알지만 바쁘다는 핑계로 쉽게 시간을 내기가 힘들다. 그런데 '중요하지만 급하지 않은 일'에 많은 시간을 투자하는 사람만이 성공을 한다. 세상에 성공하는 사람이 그다지 많지 않은 이유는 '급하지만 중요하지 않은 일'에 시간을 허비하기 때문이다.

미국의 한 인사 관련 컨설팅 회사에서 업무 유형을 4가지로 분류한 적이 있다. A유형: 내가 꼭 해야 하는 업무, B유형: 해도 그만 안 해도 그만인 업무, C유형: 오히려 해선 안 되는 업무, D유형: 내가 해도 되지만 남도 할 수 있는 업무이다. 그런데 직원들을 대상으로 하루 8시간을 어떤 업무에 쓰는가를 측정한 결과 놀라운 답을 얻었다. A유형 4시간, B유형 1시간, C유형 1시간, D유형 2시간 정도인 것으로 나타난 것이다. 합리적인 사고를 가진 미국 사람들이 이처럼 시간을 쓴다면 우리나라 사람들은 어떨까?

십대들 가운데 매일 시간에 쫓기는 친구들이 있다. 이들이 시간에 쫓기는 이유는 다름 아닌 계획표에 있다. 그들의 계획표를 살펴보면 할 일만 단순히 나열되어 있다. 급하게 처리해야 할 일과 급한 일, 중요한 일을 고려해 작성하지 않았다는 뜻이다. 어떤 일을 우선순위에 둬야 할지 모르기 때문에 우왕좌왕하게 되고 결과

적으로 허둥대게 된다.

시간 도둑을 잡으려면 다음과 같이 계획표를 수정해야 한다.

가장 먼저 중요하고 급한 일을 우선순위에 두고, 다음으로 중요하지는 않지만 급한 일을, 그다음으로 중요하지만 급하지 않은 일을 둔다. 그리고 중요하지도 급하지도 않은 일은 마지막 순위에 놓고 계획을 세워야 한다. 그렇게 할 때 일목요연하게 스케줄을 정리할 수 있고 그만큼 시간도 알차게 쓸 수 있다.

가장 중요하고 급한 일부터 하라는 우선순위 원칙은 공부나 일에만 국한되어 있지 않다. 인간관계에서도 참으로 중요하다. 다음 일화에서 그 이유를 찾아보자.

옛날에 한 왕이 살았다.

그는 나라를 제대로 다스리기 위해선 최소한 세 가지 질문에 대한 해답이 필요하다고 생각했다.

'지금 내게 가장 중요한 일은 무엇인가?'

'그 일을 하기 위한 가장 적절한 때는 언제인가?'

'지금 내게 가장 중요한 사람은 누구인가?'

신하들에게서 답을 구해 보지만 만족스런 해답을 찾을 수 없었다.

마침내 그는 지혜롭기로 소문난 한 노인을 찾아가 보기로 했다. 하지만 깊은 골짜기에 살고 있는 노인은 지체 높은 사람이 찾아오면 절대로 만나 주지 않았다. 그래서 왕은 평민으로 가장하고 현자를 방문했다.

왕이 찾아갔을 때 노인은 오두막 밖에서 밭을 갈고 있었다.

왕은 말했다.

"세 가지 질문에 대한 답을 듣고자 찾아왔습니다."

그러나 노인은 묵묵부답이었다. 대답을 기다리는 동안 왕은 노인이 힘겹게 밭일을 하고 있는 것에 미안한 마음이 들었다. 그래서 자기도 괭이를 들고 노인을 도왔다.

반나절이 지나고 날이 저물 시간이 되어서도 노인에게서는 어떤 대답도 들을 수 없었다. 그런데 얼마 후 근처 숲에서 피투성이가 된 젊은 남자 하나가 비틀거리며 나타났다. 왕과 노인은 얼른 그 남자를 오두막으로 옮기고 상처를 돌보았다. 그러는 사이 왕은 노인의 오두막에서 꼬박 밤을 새고 말았다.

다음 날 아침, 왕의 보살핌 덕에 목숨을 건진 남자는 눈물을 흘리며 왕에게 이렇게 자백했다.

"나는 당신에게 원한을 품었던 사람입니다. 어제 나는 당신을 죽이려고 숨어서 기다리다가 당신 부하들에게 쫓기게 된 것입니다. 원수인 당신이 내 목숨을 구해 주셨습니다. 용서해 주십시오. 이제 나는 모든 원한을 씻고 당신에게 충성하겠습니다."

그런데 그 순간까지 노인에게서 질문의 답을 듣지 못한 왕은 떠나기 전에 마지막으로 간청한다.

"한 번 더 묻지요. 그 세 가지 질문들에 대한 답은 무엇입니까?"

그제야 노인이 말했다.

"당신은 이미 그 답을 알고 있소."

"알고 있다니요?"

"어제 당신은 내 밭일을 도와주었소. 그때 당신에게 가장 중요했던 일은 이 늙은이를 돕는 일이었고, 그 일을 하기에 가장 적합한 시간은 바로 어제의 그때 그 순간이었지요. 그리고 그때 당신에게 가장 중요했던 사람은 나였소. 어제 저녁, 부상한 젊은이가 나타나자 당신은 그를 오두막으로 업고 가 치료했소. 그때 당신에게 가장 중요한 일은 젊은이를 구하는 일이었고, 당신에게 가장 중요한 사람은 바로 그 젊은이였소.

그러니 가장 중요한 때는 '지금'이고 가장 중요한 것은 '지금 여기' 있는 사람을 돕는 일이지요. 이미 당신은 그렇게 했습니다."

레오 톨스토이의 단편 중에 「세 가지 질문」에 나오는 이야기이다. 생전에 그는 인생을 더 행복하고 값지게 살기 위해 스스로에게 항상 다음과 같은 세 가지 질문을 던졌다고 한다.

1. 가장 중요한 시간은 언제인가?
2. 가장 중요한 사람은 누구인가?
3. 가장 중요한 일은 무엇인가?

그리고 그 질문에 대한 답을 다음과 같이 말했다.

"세상에서 가장 중요한 때는 바로 지금 이 순간이다. 가장 중요한 사람은 지금 당신과 함께 있는 사람이고, 가장 중요한 일은 지금 당신 곁에 있는 사람을 위해 좋은 일을 하는 것이다. 바로 이 세 가지가 이 세상에서 가장 중요한 것들이다. 그게 우리가 이 세상에 있는 이유이다."

십대는 인생에서 가장 의미 있고 값진 시기이다. 이 시기를 다

이아몬드, 황금처럼 보내야 한다. 그러려면 스스로 톨스토이가 던진 세 가지 질문에 대한 답을 찾을 필요가 있다. 직접 고민을 거쳐 찾는 답은 인생의 교훈과 진리가 되어 주기 때문이다.

톨스토이가 찾은 세 가지 답에 여러분의 색깔을 입혀 보자.

1. 세상에서 가장 중요한 때는 바로 지금 이 순간이다.
그렇다. 과거는 이미 지나 버렸고 미래는 아직 오지 않았다. 그러나 현재에 우리는 숨 쉬며 살고 있다. 지금 이 순간을 어떻게 사느냐에 따라 미래가 달라진다.

2. 가장 중요한 사람은 지금 당신과 함께 있는 사람이다.
옷깃만 스쳐도 인연이라는 말이 있다. 세상에는 65억 명의 사람들이 살고 있다. 그 가운데 부모님과 형과 누나, 동생, 학교 선생님, 학교 친구들 등은 보배 같은 존재들이다. 65억 명 가운데 그들을 만난 것은 로또 복권보다 더 힘든 확률이기 때문이다.

3. 당신 곁에 있는 사람을 위해 좋은 일을 하는 것이다.
곁에 있는 사람을 배려하자. 배려는 전염성이 강하다. 내가 누군가를 배려하게 되면 그 사람 역시 자신의 곁에 있는 누군가를 배려하게 된다. 시간이 지날수록 배려를 실천하는 사람이 많아질 것이다. 언젠가 세상은 지상 낙원이 되지 않을까.

인생의 성공과 행복은 사는 방식에 달렸다. 그냥 대충 살기보다 어떻게 사는 것이 잘 사는 것인가 끊임없이 고민해 보자. 뿐만 아니라 가장 '중요하고 급한 일'부터 처리함과 동시에 톨스토이가 찾은 세 가지 답을 내 것으로 만들어 보자.

'축구 황제' 펠레는 어린 시절 맨발로 축구를 해야 할 만큼 가난했다. 젊은 시절 축구 선수로 활동했던 그의 아버지는 병원에서 청소부로 일하면서 틈틈이 펠레를 지도했다. 하지만 그의 아버지는 변변찮은 축구화 하나 없이 맨발로 축구를 하는 아들 펠레를 볼 때마다 가슴이 아팠다. 그는 아들에게 아버지로서의 모범을 보이기 위해 술과 담배를 입에 대지도 않았다.

어느 날부턴가 펠레는 불량스러운 친구들과 어울려 다니기 시작했다.

하루는 담배를 피우다가 아버지에게 들켰다. 펠레는 크게 야단을 맞을 것이라고 생각했다. 하지만 아버지는 펠레의 어깨를 부드럽게 감싸 안으며 말했다.

"펠레야! 너는 축구 선수로서의 재능이 많단다. 열심히 노력하면 꿈을 이룰 수 있어. 그러나 담배를 피우고 술을 마시면 꿈은 물거품이 되고 만단다. 왜냐하면 90분 동안 그라운드를 누빌 수 있는 체력을 유지할 수 없기 때문이야. 네가 간절히 원하는 꿈과 당장의 쾌락 중에 네 스스로 선택해라.'

아버지는 낡은 지갑을 열어 펠레의 손에 담배 살 돈을 쥐어 주었다. 펠레는 구겨진 몇 장의 지폐를 바라보았다. 그 순간 병원에서의 힘든 일로 매번 퉁퉁 부어오른 다리를 절며 집에 들어오면서도 미소를 잃지 않는 아버지의 모습이 떠올라 눈물이 났다.

'난 담배가 아닌 꿈을 선택할 거야!'

펠레는 그날 이후로 담배는 물론 술을 입에 대지 않았다. 그리고 아버지의 말씀을 생각하며 자신의 체력을 키우고 실력을 쌓는 데 애썼다.

그리하여 1958년, 열일곱 살이라는 어린 나이에 스웨덴 월드컵에 참가한 펠레는 조국 브라질에 처음으로 우승컵을 안겨 주었다. 뿐만 아니라 1962, 1970년에 브라질 대표팀을 월드 컵 우승팀으로 이끌었다. 그는 축구 역사상 월드컵을 세 번이나 품에 안은 유일한 선수가 되었다.

펠레가 세계적인 선수가 될 수 있었던 것은 순간의 쾌락이 아닌 꿈을 선택했기 때문이다. 만일 그가 순간의 쾌락을 선택했다면 불행한 삶을 살았을 것이다.

우리는 매일 작고 사소한 선택의 기로에 놓인다.

아침에 잠을 조금 더 잘 것인가? 아니면 벌떡 일어날 것인가?

10분 더 공부할 것인가? 그만할 것인가?

친구와의 약속을 지킬 것인가? 어길 것인가?
피자를 먹을 것인가? 치킨을 먹을 것인가?
이런 사소한 선택이 현재를 만들었다. 따라서 하루에도 여러 번 맞닥뜨리
는 선택 앞에서 어떤 결정을 하느냐에 따라 5년 후, 10년 후 자신의 미
래가 달라진다.

'~하고 싶다'에 담긴 속성은?
지금 성공의 보증 수표인 공부를 선택하라
뇌에 성공의 기억 데이터 축적하기
성공 스토리는 열정 충전소
공부가 인생의 전부가 아니라는 말에 대해
여섯 번째 다짐
공부만 잘해도 절반의 꿈은 이룬 거야

제6장

공부는
성공하는 인생의
보증 수표

'~하고 싶다'에
담긴 속성은?

세상에는 꿈을 이룬 사람보다 그렇지 못한 사람이 더 많다. 그 이유는 무엇일까? 답은 의외로 간단한데, 바로 예감 '할 수 있다'와 '하고 싶다'에 숨어 있다. 사람은 누구나 꿈과 목표를 가지고 있다. 하지만 '할 수 있다'라고 긍정적으로 생각하는 사람보다 '하고 싶다'라고 막연한 바람을 가진 사람들이 더 많다. '할 수 있다'와 '하고 싶다'에는 어떤 차이점이 있을까?

먼저 '할 수 있다'라고 긍정적으로 생각하는 수지를 만나 보자.

수지는 슈바이처처럼 훌륭한 의사가 되는 것이 꿈이다. 그래서 가족들에게 "슈바이처처럼 의사가 되는 것이 내 꿈이야."라고 자신 있게 말했다. 그럴 때마다 고등학교에 다니는 언니는 "네 성적으로 가능할까?" 이렇게 빈정대곤 했다. 하지만 수지는 "그러는 언니 성적은 어떻고?"라고 맞받아쳤다.

며칠 전 수지는 현직 의사가 쓴 책을 읽다가 의사가 되기 위해 공부를 잘해야 한다는 것을 알았다. 순간 수지는 지금보다 더 성적을 올려야겠다는 생각이 들었다. 수지는 당시 반에서 8등이었다.

"꼭 이번 기말 고사에서 반에서 5등 안에 들고 말 거야."

수지는 목표 '기말 고사에서 5등 안에 들기'를 종이에다 적어서 책상 앞에다 붙여 두었다. 목표를 볼 때마다 마치 그 목표가 이루어진 것 같은 착각이 들었다. 뿐만 아니라 '할 수 있다'는 자신감이 생겼다.

수지는 보통 때보다 한 시간 더 책상에 앉아 있었다. 예전 같았으면 몸이 결리고 엉덩이가 아팠을 텐데 더는 그렇지 않았다. 그럴 때마다 "난 반드시 5등 안에 들 수 있어."라고 다짐했다.

얼마 후 기말 고사 기간이 되었다. 다른 친구들은 긴장하고 불안해했지만 수지는 왠지 모르게 마음이 안정되었다. 그동안 공부를 열심히 한 덕분일까, 대부분 아는 문제들이었다.

드디어 성적이 나왔다. 대부분의 아이들은 한숨을 쉬었지만 수지의 얼굴은 개나리꽃처럼 밝았다. 반에서 4등을 한 것이다. 오히려 목표했던 5등보다 더 나은 결과를 얻었다.

수지가 목표를 달성할 수 있었던 것은 '할 수 있다'는 예감의 힘덕분이다. 만약에 수지가 목표를 정한 후 '정말 5등 안에 들 수 있을까?', '실패하면 어쩌지?' 이런 부정적인 생각을 가졌다고 가정해 보자. 그랬다면 분명 '5등 안에 드는 것은 무리야', '그냥 지금과 같은 8등을 유지하자'라고 생각하게 되어 목표를 이루지 못했을 것이다.

이번에는 '하고 싶다'고 막연한 바람을 가진 빈우를 만나 보자.

빈우는 수지와 같은 반이다. 자신과 성적이 비슷한 수지가 이번 기말 고사에서 5등 안에 드는 것을 목표로 정하자 빈우도 수지에게 질 수 없다는 생각에 덩달아 5등 안에 드는 것을 목표로 정했다.

그러나 빈우는 수지와 달리 아직 명확한 꿈이 없었다. 그래서 왜 공부를 잘해야 하는지 이유를 알 수 없었다. 그래서 반에서 5등 안에 들기 위해 책상에 앉아 공부를 하지만 집중이 되지 않았다. 자꾸만 머릿속에 '5등 안에 들면 좋겠지만 불가능해', '그동안 한 번도 5등 안에 든 적이 없는데…'와 같은 부정적인 생각이 들었다. 그러자 처음에 '할 수 있다'고 생각했던 목표는 '하고 싶다'로 바뀌었다. 그나마 공부에 대한 의욕마저 떨어졌다.

책상에 앉아 있으면 딴 생각이 들었다. '다른 친구들은 지금 뭐 하고 있을까?', '공부가 인생의 전부는 아닌데…' 당연히 공부가 잘될 리 없었다.

결국 빈우는 기말 고사 시험 내내 울상을 지었다. 중간고사 때처럼 헷갈리는 문제가 많았던 것이다. 결국 기말 고사 시험에서 빈우는 반에서 10등이었다.

"나도 5등 안에 들고 싶었는데…."

빈우가 5등 안에 들지 못한 것은 당연한 결과이다. '하고 싶다' 는 막연한 바람을 가졌기 때문이다. '하고 싶다' 는 바람 속에는 수지가 가졌던 간절함이 없다. '하면 좋고 못하면 그만' 이라는 안일함이 담겨 있다.

아나톨 프랜스(Anatole France)의 말을 기억하자.

"위대한 것을 성취하려면 행동할 뿐 아니라 꿈을 꿔야 하며 계획할 뿐 아니라 믿어야 한다."

지금 성공의 보증 수표인
공부를 선택하라

한국을 대표하는 스트라이커로 이름을 날렸던 최순호 감독. 강원 FC의 감독을 맡고 있는 그는 2009년 5월 14일 강원 지역 고등학교 축구부 선수 81명을 대상으로 '2009 대교 눈높이 전국 중등 축구 리그' 클리닉을 가졌다. 이날 그는 이렇게 말했다.

"공부를 하지 않는 선수는 성공할 수 없어요. 지금 잠을 자면 꿈을 꾸고 지금 공부하면 꿈을 이루지요."

그는 과거 자신의 사례를 거론하면서 선수들에게 공부의 중요성에 대해 충고했다. 거듭 "공부하지 않는 선수가 성공하기란 쉽지 않다"고 말했다.

최 감독은 공부의 중요성에 대해 잘 알고 있다. 그 역시 젊은 시절 많은 공부를 하지 않은 것이 후회스럽기 때문이다.

"지식이 선택의 폭을 넓힌다. 운동만 해서는 삶의 즐거움을 모두 누릴 수 없다. 축구를 하면서도 얼마든지 공부를 할 수 있는 시간을 낼 수 있다. 공부하는 운동선수가 되어야 한다."

최 감독은 자신의 학창 시절을 이렇게 회상했다.

"운동을 하면서 공부를 할 수 없는 걸림돌이 많다는 것을 잘 알고 있어요. 그러나 운동만큼 공부도 중요하지요. 공부의 때를 놓치는 것만큼 안타까운 것은 없어요. 나 자신이 그랬으니까요."

그렇다면 어떤 시간으로 공부하면 효과적일까? 최 감독은 오전 시간의 활용을 요구했다. 그러면서 운동선수들이 새벽 훈련을 마친 뒤 낮잠을 잔다는 사실을 지적했다.

마지막으로 그는 다음과 같이 당부했다.

"혹시 늦었다고 생각하는 선수가 있을 수도 있어요. 그러나 더 늦었던 나도 책을 읽으면서 지식을 쌓았어요. 선수들이 손에서 책을 놓지 않았으면 해요."

십대 시절, 공부는 무엇보다 중요하다. 우선순위가 공부라고 해도 과언이 아니다. 십대 때의 학교 성적으로 대학과 학과가 결정되고 졸업 후 그에 맞는 사회 진출의 문이 열리기 때문이다. 한마디로 남은 인생을 결정하는 것이 십대 때의 성적에 달렸다고 할 수 있다.

공부에 관한 명언은 헤아릴 수 없이 많다.

'공부가 인생의 전부는 아니다. 그러나 인생의 전부도 아닌 공부 하나도 정복하지 못한다면 과연 앞으로 무슨 일을 할 수 있겠

는가?'

'행복은 성적순이 아닐지 몰라도 성공은 성적순이다.'

'개같이 공부해서 정승같이 놀자.'

'오늘 걷지 않으면, 내일 뛰어야 한다.'

'눈이 감기는가? 그럼 미래를 향한 눈도 감긴다.'

'오늘 내가 흘린 침은 내일 흘릴 눈물이다.'

공부에 관한 명언이 많다는 것은 그만큼 우리 인생에서 공부가 차지하는 비중이 크다는 것을 뜻한다. 세상에는 지독한 가난을 극복하고 성공한 사람들이 많다. 그들의 성공 비결을 살펴보면 대다수가 명문 대학을 졸업해 '의사', '회계사', '변호사', '변리사' 등 전문가로 입신했기에 가능했다는 것을 알 수 있다. 물론 고졸 출신으로 악착같이 돈을 모아 부자가 된 사람도 있다. 하지만 이런 부류의 사람은 극히 드물다.

미국의 경제 잡지 「포브스」는 미국의 400대 부자들의 학력에 대해 조사했다. 그 결과 하버드대학 출신이 49명으로 가장 많았다. 이를 봐도 행복은 성적순이 아닐지 몰라도 성공은 성적순이라는 것을 알 수 있다.

그런데 국내 작가들이 쓴 10대를 위한 자기 계발서를 읽어 보면 한 가지 재미있는 점이 있다. 열에 아홉은 10대 시절에 공부보다 더 중요한 것이 있다고 조언한다. 그러면서 꿈과 비전을 가져라, 좋은 친구를 사귀어라, 부모님에게 효도해라, 책을 많이 읽어라 등등 교묘하게 공부를 피해 간다. 물론 작가들은 안 그래도 공부와 성적에 샌드위치 신세가 되어 있는 학생들에게 자신들만큼은 부담을 주지 않으려는 의도에서인지 모른다. 그러나 내 생각은 다르다. 10대 시절 가장 중요한 것은 '공부'이다. 중고등학교 성적이 대학을 결정하고 대학을 졸업함과 동시에 미래가 어느 정도 결정된다고 해도 과언이 아니기 때문이다.

공부보다 더 중요한 것은 얼마든지 많다. 하지만 학생이라는 신분에서 가장 중요한 것은 다름 아닌 공부이다. 학생이 공부를 못하거나 등한시하는 것은 군인이 사격을 못하거나 등한시하는 것과 같다.

세상에는 성공한 사람들이 많다. 그들은 다양한 분야에서 일가를 이루었다. 그런데 큰 부자들은 하나같이 명문대를 나온 공붓벌레들이다. 물론 자기 사업을 하거나 연예인, 스포츠 선수 생활을 통해 부를 축적한 사람들도 있다. 하지만 이들의 재산은 공부로 성공한 사람에 비해 미미하다.

공부로 성공하는 것이 가장 안전하고 쉽다. 김연아는 피겨 스케이트로 성공한 케이스에 속한다. TV를 켜면 여기저기 채널에서 그녀의 광고를 심심찮게 볼 수 있다. 김연아를 보며 부러워하는 10대들도 꽤 많을 것이다. 그러면서 마음 한편으로 공부가 아닌 다른 분야에서 성공하는 것이 쉽다고 생각할지도 모른다. 그러나 이는 착각이다. 피겨 스케이트로 성공한 사람은 우리나라에서 김연아 한 사람뿐이라는 것을 잊어선 안 된다.

지금 공부할 수 있을 때 잘해야 한다. 공부는 몇 년 후 많은 것을 결정하기 때문이다. 토익 점수와 학점이 높은 좋은 대학 출신자들이 좋은 회사에 쉽게 들어간다. 아무리 경기가 어려워 낙타가 바늘구멍에 들어갈 정도로 취업이 어렵더라도 좋은 대학 출신은 쉽게 들어간다. 기업은 '좋은 대학을 나왔으면 됨됨이뿐 아니라 일도 잘하겠지' 라고 판단하기 때문이다.

　미국의 첫 흑인 대통령 오바마 역시 어린 시절 힘겨운 시간을 보냈다. 지독한 가난과 인종 차별, 아버지와 어머니의 부재에서 오는 고통은 말로다 표현하기 힘들었다. 하지만 그는 열심히 공부했고 명문 컬럼비아대학교를 졸업하고 하버드 로스쿨에 진학할 수 있었다. 그곳에서 자신의 꿈이었던 변호사 자격증을 취득했고 그런 오바마에게는 많은 기회가 주어졌다. 마음만 먹으면 가장 유명한 로펌에 들어갈 수도 있었다. 그가 하버드 로스쿨을 졸업할 시기에 항소 법원 재판장이 대법원의 서기로 고용하겠다는 의사를 밝혀 왔다. 그때 그는 대법원 서기로 일하며 고속 승진을 바라볼 수도 있었다.

　그 당시 월 스트리트 가의 기업들과 대기업에서 오바마에게 수많은 러브콜을 보냈다. 그 수가 얼마나 많았는지 심지어 이런 일도 있었다.

　"오바마 씨와 통화를 했으면 합니다."

　"지금 외부에 계십니다. 혹시 채용 의뢰인가요?"

　"네, 그렇습니다."

　"그럼 목록에 올려 드릴게요. 643번이세요."

　정말 놀랍지 않은가? 공부는 지독한 가난과 인종 차별, 부모의 부재에서 오는 고통을 다양한 기회와 주류 사회 진입이라는 선물을 안겨 주었다.

　오바마의 아내이자 미국의 퍼스트레이디 미셸 역시 오바마와 같은 어린 시절을 보냈다. 하지만 그녀는 당당하게 아메리칸 드림을 실현했다. 그녀는 영국 런던의 엘리자베스 개릿 앤더슨 여학교에서 이렇게 말한 바 있다.

"오늘의 나를 만든 것은 교육이에요. 나는 수업 듣는 것, 총명한 학생인 것, A학점 받는 것을 즐겼지요."

공부야말로 성공하는 인생의 보증 수표라는 것을 미셸의 말에서 확신할 수 있다. 공부는 가장 공평하고 누구나 승자가 될 수 있는 게임이라는 것을 명심하자.

뇌에 성공의
기억 데이터 축적하기

'은반 위의 요정' 김연아. 그녀는 피겨의 불모지에서 시작해 세계무대에 당당히 자신의 이름을 올렸다. 김연아 선수가 '2009 세계 피겨 선수권 대회'에서 우승한 것은 어느 정도 예견이 가능한 일이었다.

그러나 김연아 선수의 어린 시절로 돌아가 보자. 김연아는 초등학교 1학년 때 가족들과 올림픽공원에서 '알라딘'이라는 아이스 쇼를 본 뒤 피겨 선수라는 꿈을 정했다. 쇼를 본 그날 밤 일기장에다 자신도 열심히 해서 꼭 피겨 선수가 되겠다고 적었다. 그리고 담임선생님에게도 꿈을 적은 편지를 보냈다. 편지에는 다음과 같은 내용이 담겨 있었다.

'아이스 쇼를 보고 나서 나도 스케이트를 열심히 타서 국가 대표 선수가 되어야겠다. 세계 최고가 되고 싶다.'

만일 그 당시 사람들에게 "김연아가 훗날 '2009 세계 피겨 선수권 대회'에서 우승할 겁니다."라고 말했다고 가정해 보자. 분명 대부분의 사람들은 정신 나간 소리쯤으로 여겼을 것이다. 아직 피겨를 시작하지도 않은 어린 김연아에게서 도무지 지금과 같은 성공한 모습을 떠올릴 수 없기 때문이다.

그러나 지금의 김연아는 어떤가? '2009 세계 피겨 선수권 대회'에서 우승한 세계적인 피겨 선수가 되었다.

그렇다면 김연아의 성공 비결은 무엇일까? 국가 대표 피겨 선수라는 꿈을 향해 쉬지 않고 달려 나갔다는 것이다. 김연아에게 피겨는 인생의 전부였다. 그 무엇과도 바꿀 수 없는 목숨과도 같은 것이었다. 목숨처럼 여겼기 때문에 1년에 엉덩방아를 1800번 이상 찧을 정도로 훈련에 몰입할 수 있었던 것이다.

김연아는 휴일을 빼고 한 해 300일가량 훈련한다. 빙판에서 하루 30여 회 점프 훈련을 하는데 이를 1년으로 계산해 보면 9000회가량 점프를 하는 셈이다. 점프의 성공률이 80% 정도이므로 1년에 점프하다 넘어지거나 엉덩방아를 찧는 횟수가 1800번 정도 된다는 것을 알 수 있다. 그래서 그녀는 척추와 골반, 인대 등 몸에 부상이 떠나지 않는다. 하지만 부상에서 오는 통증에도 훈련을 쉬지 않는다. 쉬는 순간 감각이 둔화되기 때문이다.

나는 이런 생각이 든다. 십대 시절에 김연아처럼 공부하면 인생이 어떻게 달라질까? 분명 자신의 꿈과 목표를 이룰 수 있을 것이다. 아니면 적어도 대충 공부한 탓에 성적이 바닥인 친구들에 비해 보다 많은 기회를 누리게 된다. 그 가운데 자신의 인생을 꽃피울 기회를 만난다면 인생은 무지갯빛으로 채색될 것이다. 그래서 성공자들은 한 목소리로 "공부할 수 있을 때 열심히 공부해라"고 충고하는 것이다.

여러분 가운데 공부가 놀이보다 더 재미있게 생각되는 친구가 있는 반면에 죽기보다 더 싫은 친구도 있을 것이다. 왜 이런 현상이 빚어지는 걸까? 공부에 대한 경험, 즉 기억 때문이다. 공부가 재미있는 친구는 열심히 공부했고 그 결과 시험 성적이 향상되는 경험을 가지고 있다. 하지만 공부가 고문처럼 여겨지는 친구는 공부를 대충했고 역시 성적이 추락한 경험이 있다. 이런 성적이 향상되고 추락한 경험 때문에 공부에 대한 마음가짐이 상반되는 것이다.

일에서도 마찬가지이다. 자동차를 파는 두 명의 영업 사원이 있다. 한 사람은 실적이 저조해서 매일 부장으로부터 질책을 당한다. 그런데도 재미있는 사실은 열심히 일하지 않고 동료들이 분주하게 움직이는 시간에 PC방에서 게임을 하거나 사적인 볼일을 본다는 것이다. 반면에 실적인 뛰어난 영업 사원은 그 반대이다. 오히려 신입 사원보다 더 치열하게 고객을 만난다. 그 결과 매일 신규 고객을 유치함과 동시에 실적은 상승 곡선을 그린다.

공부를 잘하는 학생과 그렇지 못한 학생 사이에도 이 법칙은 그대로 적용된다. 공부를 잘하는 학생은 쉬엄쉬엄해도 되는데도 미친 듯이 책을 파고든다. 그러나 그렇지 못한 학생은 잠자는 시간을 줄여서라도 공부에 매진해야 함에도 친구와 농구를 하거나 PC

게임 등으로 시간을 소비한다.

1년 동안 공부에만 전념하게 되면 공부에 대한 자신감을 가지게 되고 그 결과 조금씩 성적이 오르게 된다. 그러면 자연스레 뇌의 기억 데이터가 바뀌게 된다. 공부가 고통스러웠던 기억 데이터가 즐거운 기억 데이터로 변화되는 것이다.

뇌의 기억 데이터는 정말 중요하다. 인생의 성공은 기억 데이터에서 비롯되기 때문이다. 잠시 내 경험담을 들려줄까 한다. '에이, 자기 자랑이잖아' 하고 생각하지 말기 바란다. 내가 지금처럼 작가의 길을 걷게 된 데에는 기억 데이터 덕분이기 때문이다.

현재 내가 쓰고 있는 대구 일간지 「영남일보」 주말 섹션에서 '나도 작가가 될 수 있다' 라는 칼럼을 연재하고 있다. 나는 현재 작가이자 '김태광 마음경영 연구소' 의 소장으로 활동하고 있다. 혼자서 책 쓰고 칼럼 쓰고 틈틈이 강연을 다니는 1인 3역을 소화하고 있다. 그동안 산문집, 자기 계발서, 어린이 창작 동화, 어린이 자기 계발서, 청소년 자기 계발서 등 70여 권이 넘는 책을 출간했다. 현재 나이가 33세인 것을 감안하면 꽤 많은 책을 펴낸 편에 속한다. 이 모든 것은 '꿈'과 '성공 경험'에서 비롯되었다. 20대 초반의 나에게는 내 이름으로 된 책을 한 권 내고 싶은 꿈이 있었다. 그래서 수만 종의 책이 있는 서점에 가면 그렇게 기분이 좋을 수 없었다. 아직도 그때가 생생히 기억난다. 돈 없고 가난했던 탓에 선뜻 책을 사지 못하고 그저 책을 쓰다듬어 보고 발길을 돌려야 했던 그 시절. 그때 시집과 소설의 앞날개에 소개되어 있는 저자의 프로필이 그렇게 부러울 수가 없었다. '나도 신춘문예나 문학상을 받으면 얼마나 좋을까?' 간절한 바람이 생겼다.

그러나 필자는 글을 어떻게 써야 하는지, 글쓰기에 대한 기초도 없었다. 다만 '나도 내 책을 내고 싶다'는 간절함 뿐이었다. 그 바람은 매일 치열하게 A4용지 7매를 쓰는 저력이 되었다. 다른 작가들의 책을 미친 듯이 읽고 꼬박 1년을 쓰자 실력이 어느 정도 늘게 되었다. 그리고 마침내 충남일보 문예 작품 공모에 당선되는 등 총 여러 곳에서 문학상을 수상하는 기쁨도 누렸다. 그때 또 다른 바람이 있었는데 기자가 되는 것이었다. 무작정 서울로 올라가 거듭 잡지사의 문을 두드린 끝에 기자가 될 수 있었다. 기자가 된 후에도 퇴근 후 고시원에 틀어박혀 틈틈이 컴퓨터 자판을 두드리며 글을 썼다. 내 인생을 송두리째 글쓰기에 바쳤던 시기였다. 그때 썼던 글들은 수백 군데의 출판사에서 퇴짜를 맞은 후 바움출판사에서 「꿈이 있는 다락방」 「마음이 담긴 몽당연필」로 출간되었다.

중요한 것은 여기부터이다. 내가 1년을 미친 듯이 글을 쓰고 조금씩 실력이 늘자 스스로 '나도 글쓰기가 되는구나.', '나도 작가가 될 수 있어.' 이런 긍정의 기억 데이터가 축적되기 시작했다. 그리고 여러 곳에서 문학상을 받게 되면서부터 긍정의 기억 데이터는 성공의 기억 데이터로 전환되었다.

그러나 기자가 되고 싶어 여러 잡지사의 문을 두드렸을 때 많은 좌절을 겪었다. 이때 내게 용기를 준 것은 그동안 축적되었던 성공의 기억 데이터였다. '그렇지. 지금까지 많은 시도 끝에 성공했잖아.' 이런 긍정적인 생각으로 계속 도전하게 되었고 마침내 기자가 되었다. 책 출간도 마찬가지이다. 거듭 퇴짜를 맞더라도 '계속 도전하면 반드시 되더라'는 성공의 기억 데이터 덕분에 글을 쓸 수 있었다. 그 결과 지금처럼 작가가 될 수 있었다.

같은 반에 공부를 잘하는 친구가 있을 것이다. 그 친구에게 공부 비결을 묻는다면 분명 그 친구는 자랑스럽게 이야기해 줄 것이다. 왜냐하면 그 친구의 뇌에는 그동안 자신만의 공부 비법으로 성적을 올렸던 성공의 기억 데이터가 쌓여 있기 때문이다.

모든 사람은 최고가 되기 위해 전력 질주한다. 하지만 무조건 전력 질주한다고 해서 최고가 될 수 있는 것은 아니다. 그러기 위해선 뇌에 성공의 기억 데이터를 축적해야 한다. 그래야 자연스럽게 '할 수 있다'는 자신감을 가질 수 있다. 그래서 어떤 일이든지 기분 좋게 시작할 수 있다. 어떤 일을 떠올렸을 때 기분이 좋고 가슴이 두근거리는 것은 성공 예감이 들기 때문이다. 이런 예감은 뇌를 활성화시켜 고도의 집중력과 능력을 발휘하게 해 준다.

눈 감고 공부에 미쳐 보라. 공부에 대한 자신감과 좋은 예감을 가질 수 있다. 자신감과 좋은 예감은 분명 성적 향상으로 이어진다. 우등생들은 모두 이러한 방식으로 공부를 했고 그 결과 뛰어난 공부 실력을 갖추게 된 것이다.

공부를 잘하는 지름길은 공부에 미치는 것밖에 없다. 그러니 말로만 "공부를 잘하고 싶다"고 외치지 말고 실제 딱 1년만 공부에 미쳐 보자.

성공 스토리는
열정 충전소

그동안 나는 다양한 성공자들을 만날 기회가 있었다. 그때마다 이런 질문이 떠올랐다.

"그들은 책을 많이 읽을까?"

"주로 어떤 책을 읽을까?"

그들에게 실례를 무릅쓰고 질문을 던졌다. 그러자 그들 중 대다수로부터 다음과 같은 답을 들을 수 있었다.

"일주일에 반드시 세 권은 읽는데, 주로 힘든 역경을 이겨 내고 성공한 사람들의 책을 읽습니다."

"성공 스토리를 즐겨 읽는 편입니다. 책을 읽다 보면 나도 할 수 있다는 용기가 생겨납니다."

표현은 달라도 답은 같았다. 성공자들은 책벌레들인데다 주로 성공 스토리를 읽었다. 특히 그들은 아무리 바빠도 하루에 책 읽는 시간은 따로 정해 둔다고 했다.

그렇다면 그들이 성공 스토리를 읽는 특별한 이유가 있을까? 대부분의 성공은 혹독한 시련과 역경을 견뎌 낸 후에 얻을 수 있다. 성공 스토리에는 그 사람의 인생 역정이 고스란히 담겨 있기 때문에 이보다 더 좋은 열정 충전소는 없다. 지금 난관에 부딪혀 있거나 슬럼프에 빠져 있다면 이런 깨달음을 얻게 된다.

'이 책의 저자도 숱한 어려움이 있었지만 포기하지 않았어. 나도 포기하지 않고 계속 도전하겠어.'

책을 통해 식어 가는 열정을 다시금 불태울 수 있다. 이는 싸우고자 하는 의욕을 상실한 병사들에게 사기를 북돋워 주는 것과 같다. 그래서 그들은 바쁜 일과 중에서도 책을 읽는 것이다.

오래전에 읽은 오토다케 히로타다의 「오체 불만족」을 감명 깊게 읽은 기억이 있다. 팔다리가 없이 태어나 전동 휠체어를 타고 다니지만 의지와 용기로 장애를 극복하고 누구보다 밝고 건강하게 사는 오토다케 히로타다의 이야기가 담겨 있다. 오토다케의 다 자란 팔다리는 고작 10센티미터에 불과하지만, 그는 자신의 신체가 지닌 장애를 불행으로 생각하지 않는다. 오히려 장애를 '초개성적'이라고 이야기하며 장애와 행복은 아무런 관계가 없다고 강조한다. 이야기 가운데 오토다케의 친구들이 그를 장애인으로 인식하지 못하고 계획을 세웠다가 "아 오토다케를 어떻게 하지?"라고 뒤늦게 인식을 하는 부분이 인상적이었다. 이 책은 사람들에게 장애인에 대해 닫혀 있던 마음의 눈을 뜨게 해 주는 계기가 되었다.

나는 「오체 불만족」을 읽은 후 이런 생각이 들었다.

'이렇게 치열하게 사는 사람도 있구나.'

'세상에 이런 부모도 다 있구나.'

'세상에 이런 친구들이 있구나.'

'세상에 이런 선생님이 있구나.'

사실 그때까지 온몸이 멀쩡한데도 불구하고 불평불만이 많은 편이었다. 그런 내게 오토다케의 인생 스토리는 놀라움 그 자체였다. 세상을 바라보는 나의 마음과 생각을 달라지게 만들었다. '꿈꾸는 사람에게 정말 불가능한 일이 없구나.'라는 생각을 하게 되었다. 그 후로 여러 자녀와 부모들에게 반드시 그 책을 추천해 주곤 했는데, 「오체 불만족」이 자라는 청소년들에게 가능성을 열어 주는 키와 같다는 생각이 들었기 때문이다.

성공한 사람들에게는 반드시 인생의 등대가 되어 준 계기가 있다. 그 가운데 책이 가장 많다. 그들은 어려운 시절 책을 통해 꿈과 용기를 가질 수 있었다. 미국의 제44대 대통령 버락 오바마도 마찬가지이다. 흑백 혼혈인 오바마는 어려서부터 친구들로부터 조롱과 놀림을 받았다. 늘 피해 의식과 부정적인 사고에 젖어 있던 그는 푸나호우 학교 시절 제대로 공부를 하지 않았다. 그 결과 LA에 위치한 조그마한 옥시덴탈대학에 들어가게 되었다. 대학 생활 역시 엉망이었다.

그러다 어느 날 오바마는 뉴욕에 있는 컬럼비아대학에서 편입생을 모집한다는 소식을 듣게 되었다. 고민 끝에 그는 2년간 다니던 옥시덴탈대학을 떠나기로 결정했다. 그는 컬럼비아대학으로 편입해 뉴욕에서 새로운 삶을 시작했다.

그때 한 친구가 오바마에게 뉴욕에 온 이유를 물었다. 그는 "나 자신을 뭔가 쓸모 있는 사람으로 바꾸고 싶어서…"라고 대답했다. 그때부터 오바마는 사람들에게 자신을 '배리'가 아닌 '버락'이라고 당당하게 소개했다. 아프리카어로 버락은 '신에게 축복받은'이라는 뜻을 담고 있다. 그는 자신의 뿌리를 인정하고 흑인으로서의 정체성에 눈을 뜬 것이다. 그러자 놀라운 일이 일어났다. 옥시덴탈 대학에서 가졌던 나쁜 습관을 버리기로 결심하게 된 것이다. 술을 마시지 않고 하루에 약 5킬로미터를 걸었고, 일기와 시를 쓰고 최선을 다해 공부했다. 때로 친구가 술집에 가자고 할 때마다 공부할 것이 있다거나 돈이 없다는 핑계로 거절했다. 그에게는 일 분 일 초가 아까웠기 때문이다. 그는 그 시간에 닥치는 대로 책을 읽었다. 독일 철학자 니체와 평화주의자 간디에 관한 책과 불평등에 관한 책, 자기 분야에서 성공한 사람들이 쓴 책을 수없이 읽었다. 책을 통해 다른 사람들도 자신과 마찬가지로 정체성 문제로 힘들어했다는 것을 알게 되었다. 그 후 차츰 그는 자신의 인생 목적을 깨닫고는 가난하고 소외된 사람들을 위해 살기로 마음먹었다. 그 결과 오늘 날 미국의 첫 흑인 대통령이 될 수 있었다.

이 모든 연결 고리에는 책이 있다. 오바마가 책과 가까이 하지 않았다면 지금과 다른 인생을 살고 있을지도 모른다. 책은 그에게 길라잡이 역할이 되었다. 그는 성공한 사람들의 이야기가 담긴 책들을 통해 자신도 할 수 있다는 용기를 가질 수 있었다. 무엇보다 그들을 통해 어떻게 사는 것이 가치 있는 인생인지 깨닫게 되었던 것이다.

공부가 인생의 전부가 아니라는 말에 대해

인생에서 학교 졸업장과 성적표는 정말 중요하다. 그 두 가지에 맞게 직장과 주위 사람들의 인맥 지도가 달라지기 때문이다. 그래서 인생을 오래 산 부모들은 학력에서 오는 굴레에 대해 잘 알고 있다. 자신이 느낀 고통을 자식에게 물려주지 않기 위해 "공부하라"고 외치는 것이다.

직장인들에게 "당신의 인생에서 꼭 돌이키고 싶은 한 가지가 있다면 무엇입니까?"라고 묻는다면 어떤 대답을 할까? 분명 대다수가 이것을 말할 것이다. 바로 '학력'이다. 그들은 학력 때문에 보이지 않는 많은 피해를 보았고 지금도 보고 있기 때문이다. 그래서 "도대체 이놈의 학력이 뭔지…" 하고 푸념하는 것이다.

대부분의 사람들이 십대 시절에 공부를 등한시한다. "공부가 재미없어서", "공부가 인생의 전부가 아니잖아", "나에게 무관심한 부모님이 미워서", "여자 친구 때문에" 등 이유도 다양하다. 하지만 십대 시절이 끝나고 나면 인생은 냉혹하다. 절대 "너에게 그런 어려움이 있었구나. 그래서 공부를 못했구나"라고 이해해 주지 않는다. 고등학교 성적표에 맞게 SKY 같은 명문대나 그 아래 수준의 대학, 서울대 약대(서울에서 약간 떨어진 대학교), 서울대 상대(서울에서 상당히 떨어진 대학교), 지방대에 진학하게 된다. 그리고 대학 졸업 후 출신 대학은 평생 꼬리표가 되어 따라다닌다.

얼마 전 우리나라를 떠들썩하게 했던 학력 위조 파문의 주인공 신정아 씨도 원인이 학력 콤플렉스 때문이었다. 신 씨는 동국대학교와 '2008 광주 비엔날레'에 지원할 때 1994년 캔자스대에서 서양화와 판화로 학사 학위(BFA)를, 1995년 같은 대학에서 경영학 석사(MBA)를, 2005년 예일대에서 미술사로 박사 학위를 받았다고 언급했다. 또, 서울대학교 미술대학 동양화과에 입학했다가 중퇴하고 2005년 학·석사 연계 과정 취득을 주장했으나 그녀는 고등학교까지만 졸업한 채 학력을 위조한 것으로 드러났다. 이 사건 이후로 대한민국 사회에서는 학위 검증 바람이 불었다.

만일 신 씨가 교수라는 사회에 진입하지 않았더라면 그런 일은 일어나지 않았을 것이다. 직업군 중에서 학력을 가장 많이 따지는 교수 사회에 진입했기 때문에 학력이라는 잣대가 필요했다. 그 결과 학력 위조라는 범법 행위를 저지르게 되었고 그녀의 인생은 난장판이 되고 말았다.

2008년 초 '신정아 씨 학력 위조 사건' 파문으로 학원 강사 생활을 접어야 했던 어느 30대가 울산의 한 대학에서 책과 노트 100여 권을 훔친 혐의로 입건되기도 했다.

이 씨는 2008년 4월 29일부터 울산의 모 대학 교내 사물함에서 책 3권과 노트 20권을 훔치는 등 지금까지 사물함과 도서관, 강의실 등지에서 100여 만 원 상당의 책 70여 권과 노트 30여 권을 훔친 혐의다. 경찰은 그가 2004년부터 2007년까지 모 학원의 강사로 일하다 2008년 초 '신정아 씨 학력 위조' 파문으로 고졸을 대졸로 속이고 취업한 사실이 경찰에 적발돼 학원에서 쫓겨났다고 밝혔다.

이 씨는 공부를 다시 하겠다며 모 대학에 진학했고, "공부에 한이 맺혀 공부하려고 책과 노트만 보면 훔쳤다"고 경찰에서 진술했다.

신정아 씨와 이 씨는 그동안 학력 때문에 말로 표현하기 힘든 고통을 받았을 것이다. 그들에게 학력의 벽은 사회적인 불평등 그리고 자신의 발목을 잡는 족쇄였다.

나는 십대들에게 공부할 수 있을 때 죽을힘을 다해 공부하라고 충고하고 싶다. 남들보다 앞서가는 인생, 원하는 인생을 살기 위해서는 반드시 학력이 뒷받침되어야 하기 때문이다. 요즘 대부분 4년제 혹은 2년제 대학을 마친다. 이런 상황에서 학력이 어정쩡하다면 경쟁에서 밀리고 만다. 자, 이런 상황에서 장밋빛 미래를 기대할 수 있을까?

진심으로 충고한다. 열심히 공부해서 명문 대학에 들어가길 바란다. 서울대학교를 졸업한 사람과 지방대를 졸업한 사람이 동시에 대기업에 입사 지원서를 제출했다고 가정해 보자. 여러분이 입사 면접관이라면 어떤 사람을 선택하겠는가? 대부분이 서울대학교 출신자를 꼽을 것이다. 지식과 상식, 인간관계, 도전 의식 등 여러 가지 면에서 지방대 졸업자보다 훨씬 유능하다고 여기기 때문이다.

명문 대학 졸업장은 훗날 사회생활을 할 때 빛을 발한다. 전 미국 대통령 빌 클린턴의 오랜 친구이자 클린턴 행정부에서 노동부 장관을 지낸 로버트 라이히 교수는 그 이유를 이렇게 말한다.

"진실을 말하자면 직장을 구하는 데 있어 대학 교육이 갖는 진정한 가치는 대학에서 배운 것보다는 대학에서 만난 사람과 더 큰 관계가 있습니다. 아르바이트를 구할 때나 첫 직장을 얻을 때, 그리고 나중에 사업상 고객을 만들 때 친구의 부모는 그 주변인들을 소개해 줄 것입니다. 동창회가 잘 조직된 학교를 다니면 더 앞서 나갈 수 있습니다. 명문 대학이라면 인맥의 가치는 더 높을 것이다. 아이비리그 대학의 교육이 다른 곳보다 뛰어난 점이 있다면 웅장한 도서관이나 교수들의 능력보다는 대학에서 얻게 되는 인맥 쪽일 것입니다."

고등학교 때 한눈판 탓에 대학에 떨어진 후 직장 생활을 하다가 대학 졸업장이 필요하다는 것을 깨닫는 사람들이 있다. 이들은 다른 대학에 비해 입학이 쉬운 방송통신대학이나 사이버 대학에 다니게 된다. 그렇다면 '이들 대학의 학위를 인정해 줄까?' 라는 의문이 생긴다. 관공서나 공기업은 모르지만 일반 기업체에서는 이들 대학의 학위를 잘 인정하지 않는 분위기이다. 쉽게 말해 대졸 사원으로 간주하지 않는다는 뜻이다. 무엇보다 직장 생활을 하는 가운데 대학이나 대학원을 졸업했다고 해서 학력을 다시 평가해 주는 곳은 거의 없다. 따라서 공부할 수 있을 때 최선을 다해 공부해야 한다. 남들과 공평하게 따는 학위가 공식적임을 기억해야 한다.

여러분 가운데 "요즘 대기업들은 학력을 보지 않는다고 하던데요" 하고 반문할지도 모른다. 물론 대기업들은 이런 이미지 쇄신 차원에서의 멘트를 날린다. 그렇다고 곧이곧대로 믿고서 공부를 안 한다면 결국 어떻게 될까? 최종 학교 졸업장과 성적표가 잣대가 되어 입사지원 자격마저 얻지 못할 것이다.

세상에는 부유하고 화려한 배경을 가진 사람보다 가난하고 배경이 없는 사람이 더 많다. 그렇다면 번듯하게 내세울 것 없는 사람이 성공하려면 어떻게 해야 할까? 답은 간단하다. 바로 '공부'에 목숨을 거는 것이다. 성공하려면 딴 짓, 딴생각하지 않고 공부에 집중해야 한다. 공부를 잘해서 명문 대학에 들어가서 '사' 자가 들어간 자격증을 취득한다면 인생 역전이 가능하기 때문이다.

"학교 졸업장과 성적표에 맞는 기회가 주어진다."

이 말을 가슴에 깊이 새겨야 한다. 같은 반에도 공부 잘하는 학생들끼리 어울리고 그렇지 못한 학생들끼리 어울린다. 풋풋한 학창 시절에도 이런데 사회는 얼마나 냉혹할 것인지 생각해 보라.

지금 공부할 수 있을 때 즐겁게 하자. 몇 년 후 '내가 왜 그때 공부를 안했을까?' 하고 후회해 봤자 조상, 부모만 원망스러울 뿐이다.

공부만 잘해도 절반의 꿈은 이룬 거야

몇 해 전 읽은 책이 기억난다. 「가난하다고 꿈조차 가난할 수는 없다」(사회평론)라는 책이었는데 열아홉 살 김현근의 꿈을 향한 아름다운 도전기였다. 잠시 그에 관한 이야기를 할까 한다.

저자 김현근은 1987년 부산에서 태어나 19년간 부산을 떠나서 산 적이 없는 부산 토박이다. 그는 초등학교 5학년 때 우연히 홍정욱 씨의 「7막 7장」을 읽고 미국 아이비리그로의 유학을 꿈꾸기 시작했다.

그러나 대한민국 사회에 몰아쳤던 IMF의 시련이 그의 집에도 닥쳤다. 증권 회사에 다니시던 아버지는 직장을 잃었고 어머니가 아버지를 대신하여 가족의 생계를 책임져야 했다. 그는 가난한 집안 형편 때문에 꿈을 잠시 접기도 했지만 그렇다고 포기하지 않았다.

그는 자신이 가장 잘할 수 있는 것이 공부라는 것을 깨닫고 치열하게 공부했다. 다행히 그가 고등학교에 입학하는 해에 우리나라 최초의 영재학교인 '한국과학영재학교'가 새로 생겼다. 그는 첫 입학생이 되었다. 과학영재학교는 다른 특목고와는 달리 학비가 저렴한 데다 커리큘럼과 교육 시스템이 특별했다. 집안 형편상 사교육을 받을 수 없었던 그가 유학을 준비하는 데는 더없이 좋은 곳이었다.

그러나 중학교까지 줄곧 1등을 차지해 왔던 그도 영재학교에서만큼은 '영재'가 아니라는 사실을 뼈저리게 느껴야만 했다. 과학 사고력 검사에서 '60점'이라는 낙제점을 받은 데다, 첫 시험 결과 '꼴찌 그룹'에 속하게 된 것이다. 좌절과 절망이 가득했지만 '좌절' 대신 '도전'을 선택했다. '최고 노력파' 별명까지 얻으며, '공부는 머리 좋은 사람이 아니라 엉덩이가 무거운 사람이 하는 것이다'는 신념으로 공부와의 지독한 싸움을 벌였다. 그 결과 3년 내내 올 A학점을 받아 자신이 그토록 갈망하고 자신에게 열등감을 안겨 주었던 영재들을 제치고 수석 졸업의 영광을 차지했다.

그는 2005년, 4년간 2억 원을 지급하는 '삼성 이건희 해외 장학생'으로 선발되었다. 그리고 미국 최고의 명문 프린스턴 대학에 수시 특차로 합격하면서 간절히 바랐던 아이비리그 유학의 꿈을 실현시켰다.

지금 공부할 수 있다는 것! 너무나 행복한 일이다. 공부할 수 있다는 것은 마음만 먹으면 무엇이든 이룰 수 있다는 뜻이기 때문이다. 지금 비록 환경이 힘들더라도 지독하게 공부하라. 가난했던 김현근이 해낸 것처럼 여러분도 할 수 있다.

반드시 기억하자. 공부만 잘해도 꿈의 절반은 이룬 거나 다름없다는 것을. 꿈이 우리를 배신하지 않듯이 공부 역시 배신하지 않는다는 것을….

작고 사소한 것들이 사람을 감동시키는 이유는?
열등한 학생을 위대한 작가로 만든 힘
그들이 왕따가 된 이유
입장 바꿔 생각을 해 봐
부담 없이 모두 행복해지는 비결
일곱 번째 다짐
틀린 것이 아니라 다를 뿐이야

제7장

배려는 마음을
움직이는 힘

작고 사소한 것들이
사람을 감동시키는 이유는?

'하늘이 무너져도 반드시 약속은 지켜라'는 말이 있다. 그만큼 약속은 중요하다. 사람과 사람 사이에 신뢰는 약속에서 비롯되기 때문이다.

그런데 약속을 가볍게 여기는 사람들이 있다. 이들에게는 한 가지 공통점을 찾아볼 수 있다. 그것은 바로 쉽게 약속하고 쉽게 약속을 깨뜨린다는 것이다. 지키지 못할 약속을 쉽게 하는 이들은 사람들에게서 신뢰를 얻지 못한다.

언젠가 중년 남자가 이름도 모르는 어린이를 꼭 찾고 싶다는 내용이 방송되었던 적이 있다. 사연은 이랬다. 어느 날, 식당 앞에서 식당에 들어가지 않겠다고 자기 어머니에게 떼를 쓰며 울어대는 아이를 보았다. 안타까운 마음에서 그는 무심코 식당에 들어가면 과자를 사 주겠다고 약속했다. 그러자 아이는 얼른 식당 안으로 들어가는 것이었다.

그러나 주변에 마땅한 상점이 없어서 식사 후에 과자를 사 주기로 약속했다. 그런데 식사를 하고 나서 그만 아이와의 약속을 깜빡 잊어버리고 회사로 돌아왔다. 그 후, 자꾸만 그 아이의 모습이 눈에 선하고, 어른의 무책임한 약속이 동심에 상처를 주지나 않았을까 싶어 못내 마음에 걸렸다. 그래서 그 아이와의 약속을 지키기 위해 방송에까지 사연을 알렸던 것이다.

이처럼 마음을 훈훈하게 하는 아름다운 약속도 있다. 약속이 아름다운 것은 그것을 꼭 지키겠다는 결심이 담겨 있기 때문이다.

그러나 때로 약속이 서로에게 상처가 되기도 한다. 지키지 못할 약속 때문이다. 다음의 이야기는 약속의 중요성에 깨닫게 한다.

한 처녀가 가족들과 함께 여행을 하고 있었다. 그런데 그녀는 잠시 혼자 떨어져 산책을 하다가 그만 길을 잃고 말았다. 그녀는 한참을 헤매다 우물가에 도착했다. 우물가에는 물이 조금밖에 남아 있지 않았다. 목이 몹시 말랐던 그녀는 두레박을 잡고 우물 안으로 내려가 물을 마셨다.

그러나 갈증을 해소하고 나자 곤경에 처했다는 것을 알았다. 다시 위로 올라갈 방법이 없었던 것이다. 그녀는 큰 소리로 도움을 청했지만 아무도 구해 주는 사람이 없었다. 그녀는 목 놓아 울기 시작했다. 그때 마침 한 청년이 지나가다 그녀의 울음소리를 듣고 그녀를 구해 주었다. 그리고 두 사람은 앞날을 맹세하는 사이로 발전했다.

며칠 후 청년은 먼 길을 떠나야만 했다. 그들은 지금은 잠시 떨어져 있지만 결혼하는 날까지 기다리며 서로의 사랑을 굳건하게 지켜 나가자고 약속했다. 그러자 청년은 언약의 증인이 있었으면 좋겠다고 말했다. 때마침 족제비 한 마리가 우물 옆을 지나고 있었다.

그녀가 족제비를 가리키며 말했다.

"저 족제비와 이 우물이 증인이에요."

그리고 두 사람은 헤어졌다.

그 후 몇 년이 흘렀다.

그녀는 하루도 잊지 않고 청년을 기다렸다. 하지만 청년은 먼 곳에서 다른 여자와 결혼해서 아들을 낳고 행복하게 살고 있었다.

어느 날 청년이 낳은 아들이 놀다가 풀밭에 누워 잠이 들었다. 그 사이 족제비 한 마리가 나타나 아들의 목을 물어뜯어 그만 죽고 말았다.

아이의 부모는 몹시 슬퍼했다.

일 년 후 그들은 또다시 아들을 낳았다. 어느 날 아들은 우물로 다가갔다. 아이는 우물에 비친 자신의 모습을 호기심을 가지고 바라보다 그만 우물 속에 빠져 죽고 말았다. 그제야 아이의 아버지는 옛날 그녀와의 언약을 기억해 냈다.

그는 아내에게 고백하고 그녀가 기다리고 있는 마을로 돌아왔다. 그녀는 그때까지 결혼하지 않고 그를 기다리고 있었다.

사람 사이에 일어나는 대부분의 다툼은 약속 불이행에서 생겨난다. 약속을 지키지 않는다는 것은 상대방을 무시하는 행동이다. 자연히 상대방은 무시당했다는 생각에 분노하게 된다. 그 결과 다툼이 일어나게 되는 것이다.

약속은 '다른 사람과 앞으로의 일을 어떻게 할 것인가를 미리 정하여 두는 것'이다. 따라서 약속을 했으면 어떤 일이 있어도 지켜야 한다. 나에게는 그다지 중요하지 않은 약속일지 몰라도 상대방에게는 무엇보다 중요하다.

타인과의 약속 외에도 자기 자신과의 약속도 지켜야 한다. 많은 사람들은 타인과의 약속은 지키면서도 자신과의 약속은 소홀히 한다. 어기더라도 아무런 불이익을 당하지 않기 때문이다.

스스로와 한 약속이 얼마나 중요한지 일깨워 주는 링컨 대통령의 일화가 있다.

링컨이 마차를 타고 켄터키 주를 방문했을 때의 일이다. 한 육군 대령이 링컨에게 얼음을 탄 위스키를 권했다. 하지만 링컨은 정중히 거절했다. 대령은 잠시 후 주머니에서 담배 한 개비를 꺼내 링컨에게 권했다. 링컨은 거절하며 이렇게 말했다.

"아홉 살 때 어머니가 나를 침대 곁에 앉혀 놓고 말씀하셨소. '에이브야, 이제 나는 회복이 불가능하단다. 죽기 전에 나하고 한 가지 약속을 해 주겠니? 평생 술과 담배를 입에 대지 않겠다고 말이다.' 그날 나는 어머니께 약속했소. 그리고 지금까지 그 약속을 지켜 왔소. 이것이 바로 술과 담배를 거절하는 이유라오."

자기 자신과의 약속도 소중하다. 반드시 지켜야 한다. 자신과의 약속을 지키지 못하는 사람치고 타인과의 약속을 잘 지키는 사람은 없다. 약속도 일종의 습관이기 때문이다.

마지막으로 미국의 기업가 카네기의 말을 기억하자.

"아무리 보잘것없는 것이라 하더라도 약속한 일은 상대편이 감탄할 정도로 지켜야 한다. 신용도 체면도 중요하지만 약속을 어기면 그만큼 서로의 믿음이 약해진다. 그러므로 약속은 꼭 지켜라."

열등한 학생을
위대한 작가로 만든 힘

　　　　　　　　배려는 마음을 끌어당기는 자석과 같다. 누군가 나에게 배려해 주면 그가 고맙게 여겨진다. 또한 나도 그를 배려해 주고 싶은 마음이 생겨난다. 그래서 배려가 몸에 밴 사람의 곁에는 항상 사람들로 넘쳐 난다. 그와 같이 있으면 존중받는다는 감정이 들기 때문이다.

　인간관계의 달인들은 배려를 생활화한다. 그렇다고 그들이 거창하거나 물질적으로 도움을 주는 것은 아니다. 작고 사소한 부분까지 세심하게 상대방을 배려해 주는 것이다. 다음의 이야기에 나오는 장님과 같은 마음을 가진 사람들이다.

한 나그네가 캄캄한 밤길을 걸어가고 있었다. 초행인 데다 길이 험한 나머지 걷기가 매우 힘이 들었다.

나그네가 더듬거리며 걷고 있는데 뜻밖에 앞쪽에서 등불을 들고 다가오는 사람이 보였다. 등불 가까이 다가간 나그네는 깜짝 놀라고 말았다. 등불을 든 사람이 장님이었던 것이다.

나그네가 물었다.

"아니, 앞을 보지 못하는 분이 왜 등불을 들고 나오셨습니까?"

장님이 대답했다.

"나는 등불이 필요 없지만 다른 사람에게 도움이 될 것이기에 들고 나왔습니다."

배려는 장님이 든 등불보다 더 밝다. 상대방의 구겨진 마음을 펴 주고 미소를 짓게 한다. 원만한 인간관계를 위해선 반드시 배려라는 요소가 필요하다. 이기심은 싫어해도 배려는 모두 환영하기 때문이다.

어떤 사람이 천국과 지옥을 여행할 기회가 있었다. 먼저 지옥에 가 보니 그곳에 있는 사람들은 두 손에 1미터가 넘는 길이의 포크와 나이프를 쥐고 있었다. 식탁에는 진수성찬이 차려져 있었지만, 아무도 음식을 먹을 수가 없었다. 음식을 먹기에는 포크와 나이프의 길이가 너무 길었기 때문이다.

맛있는 음식을 앞에 두고도 먹을 수가 없어 굶주림에 시달리는 그들의 모습은 그야말로 지옥이었다.

이번에는 천국에 가 보았다. 놀랍게도 상황은 지옥과 같았다. 하지만 천국 사람들은 웃으면서 만찬을 즐기고 있었다. 자신의 포크와 나이프를 이용해 서로에게 음식을 먹여 주고 있었던 것이다. 서로 배려해 주는 모습은 그야말로 천국이었다.

위의 이야기를 통해 지옥과 천국은 타인을 배려하느냐, 그렇지 못하느냐에 달렸다는 것을 알 수 있다. 서로 아껴 주고 배려한다면 지옥도 따뜻한 곳이 된다. 반면에 천국이라도 배려가 없다면 지옥과 다를 바 없다.

배려가 사람들을 미소 짓게 한다면 격려는 자신감을 가득 심어 준다. 일이 뜻대로 되지 않으면 실망하고 좌절하게 된다. 이때 누군가로부터 진심 어린 격려를 받게 되면 자신도 모르게 용기가 생긴다. 미국 대기업에서는 '동료 격려하기' 열풍이 불고 있다. 미국의 「월스트리트저널」에 의하면 동료 격려 프로그램을 도입하고 있는 기업은 2000년 25%에서 35%로 늘어났다고 한다. 동료의 성과를 '인정'하고 칭찬하고 격려하는 분위기가 확산되면 팀워크가 좋아지고 생산성이 향상되기 때문이다. 항공기 제조 업체인 보잉사와 타코벨., 피자헛, KFC 등 격려 프로그램을 도입해 활용하고 있다.

격려는 한 사람의 인생을 백팔십도 바꾸기도 한다.

프랑스의 작가 앙드레 지드의 학교생활은 엉망이었다. 소년 시절의 앙드레 지드는 거짓말과 속임수에 능한 소년이었다. 그는 꾀병으로 3주 동안이나 학교에 결석한 적도 있었다. 그는 평소 내성적인 성격이었다. 도무지 그에게선 비전이라고는 눈곱만큼도 찾아보기 힘든 '열등한 학생'일 뿐이었다.

한번은 선생님이 학생들에게 시를 낭송하도록 했다. 학생들은 그저 평범하게 시를 읽었다. 그런데 앙드레 지드는 감정을 한껏 실어 멋지게 시를 낭송했다. 그러자 선생님은 그에게 이렇게 격려해주었다.

"앙드레, 넌 아주 훌륭한 작가가 될 소질이 있어."

이 일로 인해 그는 친구들로부터 '잘난 척하는 학생'으로 몰려 왕따를 당했다. 그러나 선생님의 격려를 생각하며 친구들의 따돌림을 이겨 낼 수 있었다.

그는 열심히 공부하고 틈틈이 책을 읽었다. 그리고 마침내 훗날 노벨 문학상을 수상한 작가가 되었다.

앙드레 지드에게 있어 선생님의 격려는 '할 수 있다'는 자신감을 심어 주었다. 만일 그때 선생님으로부터 "앙드레, 잘난 척하며 시를 낭송해선 안 돼."라는 말을 들었다면 그는 주눅이 들었을 것이다. 어쩌면 그 후로 사람들 앞에서 시를 낭송하지 않았을지도 모른다. 자연히 문학과 멀어졌을 것이고 작가가 될 수 없었을 것이다. 열등한 그를 위대한 작가로 이끈 것은 선생님의 '격려'였다.

배려와 칭찬은 공기와 물과 같다. 사람들에게 배려와 칭찬을 생활해 보자. 세상은 한층 더 아름답고 희망으로 가득 차 있다는 것을 깨닫게 된다. 무엇보다 타인을 향한 배려와 칭찬이 궁극적으로 자기 자신에게 하는 것임을 알게 된다.

그들이 왕따가 된 이유

한 소년이 어머니로부터 심한 야단을 맞고 집 밖으로 뛰쳐나왔다. 그리고는 무작정 집 앞 높은 산으로 올라가 이렇게 소리쳤다.

"나는 네가 싫어!, 나는 네가 싫어!"

그러자 산 저편에서 소년을 향해 이런 소리가 들려왔다.

"나는 네가 싫어!, 나는 네가 싫어!"

이 소리에 소년이 겁을 먹고는 방금 전 야단맞은 사실도 잊은 채 집으로 달려왔다. 소년은 어머니의 치맛자락을 잡아당기며 말했다.

"엄마! 산 저편에 나한테 싫다고 말하는 애가 있어요."

그러자 어머니는 아들의 손을 잡고 함께 산으로 올라가 아까 한 말을 그대로 다시 해 보라고 말했다.

"나는 네가 싫어!, 나는 네가 싫어!"

그러자 산 저편에서도 같은 소리가 메아리쳐 들려왔다.

이번에는 어머니는 이렇게 외쳐 보라고 말했다.

"나는 너를 사랑한다!, 나는 너를 사랑한다!"

그러자 산 저편에서도 이런 소리가 들려왔다.

"나는 너를 사랑한다!, 나는 너를 사랑한다!"

산에서의 메아리는 인생에서도 똑같이 작용한다. 상대방의 단점만 살피고 "난 네가 싫다!"라고 말하면? 상대방 역시 "나도 네가 싫어!"라고 말한다. 반면에 상대방의 장점에 초점을 맞춰 "난 네가 마음에 들어"라고 말하면 상대방 역시 "나도 네가 마음에 들어"라고 답한다. 내가 타인을 어떤 관점에서 보느냐에 따라 나를 대하는 상대방의 관점 역시 달라진다.

주위에 보면 친구도 없이 외롭게 시간을 보내는 사람들이 있다. 그들에게 "왜 주말에 친구도 만나지 않느냐?"고 물어보았다. 그러자 대부분 이렇게 대답했다.

"마음에 맞는 사람이 없어서요."

"수준이 낮아서 같이 못 놀겠어요."

"왜 다들 저를 멀리하는지 알 수가 없어요.

이유는 다양하지만 하나같이 '공주병', '왕자병'에 걸려 있다는 것을 알 수 있다. 그들은 왜 '왕따'가 되었을까? 타인의 장점보다 단점에 초점을 맞춰 인간관계를 맺기 때문이다. 사실 장점보다 단점을 찾기가 더 쉽다. 힘들지 않게 상대방의 단점 10가지를 찾을 수 있다. 하지만 장점은 그 반대이다. 눈 씻고 찾아봐도 2~3가지를 찾기 힘들다. 그렇다고 해서 장점보다 단점 찾기의 고수가 된다면 낙동강 오리알 신세가 되고 만다.

한 설문 기관에서 자수성가한 100여 명의 백만장자들을 대상으로 설문 조사를 실시했다. 그러자 이들에게는 한 가지 확실한 공통점이 있다는 것을 알았다. 그것은 바로 타인에 대한 장점에 초점을 맞춘다는 것이었다. 그래서 언제나 어떤 상황에서도 타인의 단점보다 장점을 먼저 발견하고 칭찬해 주는 태도가 몸에 배어 있었다. 그들이 사람들의 장점을 찾아 칭찬해 주자 사람들 역시 그들에게 호의적으로 대했고, 또 그들을 적극적으로 도와주었던 것이다.

인간관계가 원만한 사람, 성공하는 인생을 사는 사람…. 모두 인간관계의 달인이다. 위에서 말한 백만장자들처럼 어떤 위치의 사람을 만나더라도 단점보다 장점에 초점을 맞춘다. 그래서 반드시 자신이 찾은 장점으로 상대방을 칭찬한다. 이런 사람에게 절로 호감이 가고 좋은 관계를 맺고 싶어 한다. 이런 사람 성공하는 이유가 여기에 있다.

물론 타인의 장점을 발견하는 일은 말처럼 쉽지 않다. 그러려면 먼저 타인에게 관심을 기울여야 하기 때문이다. 이는 정말 귀찮고 껄끄러운 일일 수 있다. 그렇다 하더라도 행복한 미래를 위한 인생 수업으로 받아들여야 한다. 인생의 모든 기회는 사람에게서 생겨나기 때문이다.

타인의 장점을 보는 데 익숙해지는 비결이 있다. 바로 먼저 자기 자신의 장점과 단점을 찾아보는 것이다. 노트에다 자신의 장점과 단점에 대해 10개씩 써 보자. 특히 단점에 비해 장점은 5가지 쓰기도 힘들 것이다.

★★ 장점
1. 거짓말하지 않고 솔직하게 말하는 것.
2. 한 번 마음먹은 일은 끝까지 하는 것.
3. 축구를 잘하는 것.
4. 예의가 바르다.
5. 노트 필기를 꼼꼼하게 잘한다.

★★ 단점
1. 대화할 때 상대방의 말에 귀 기울이기보다 내 말만 하는 것.
2. 약속 시간을 잘 어기는 것.
3. 물건을 잘 잃어버린다.
4. 상대방의 말을 끝까지 들어 보지 않고 대뜸 화부터 낸다.
5. 끈기가 부족하다.

이런 과정을 거치면 자신에게 장점이 많다는 것과 자신 역시 타인과 마찬가지로 단점이 많은 사람이라는 것을 깨닫게 된다. 그러면 억지로 강요하지 않아도 타인을 보는 관점을 바꾸게 된다. 단점보다 장점에 초점을 맞추게 되는 것이다. '아, 저 친구에게도 좋은 점이 많구나' 이런 생각은 상대방에게 호감을 가지게 해 준다.
    사람은 사회적은 동물이다. 혼자서 살기보다 더불어서 살아야 한다. 타인과 함께 어울려 살아갈 때 풍요롭고 행복한 인생을 살 수 있다.

자, 지금부터 긍정의 돋보기로 타인의 장점을 발견해 보자.

입장 바꿔 생각을 해 봐

"너는 어떻게 네 생각만 하고 사니?

"어떻게 네가 나한테 이럴 수 있어? 내가 얼마나 잘해 줬는데…"

"만약 내가 너였다면 그런 말하지 않았을 거야."

사람들은 누군가에게 서운한 감정을 가지고 있다. 상대방의 입장을 고려하지 않은 채 행동하기 때문이다. 그러다 보니 자신도 모르게 타인에게 상처를 주는 말과 행동을 하게 되는 것이다.

사람은 신이 아니기 때문에 표현하지 않으면 상대방의 마음을 알 길이 없다. 그래서 더욱더 상대방의 입장에서 생각하고 행동해야 한다. 사람마다 입장이 다르다는 것을 잘 일깨워 주는 일화가 있다. 다음은 한 친구가 겪었던 이야기이다.

고등학교 2학년 때의 체육 시간이었다. 장애물 넘기 훈련을 하던 중 한 여학생이 그만 장애물에 걸려서 발목을 삐고 말았다. 담임선생님과 함께 택시를 타고 여학생의 집으로 갔다. 동네에 도착했을 때, 담임선생님은 친구에게 그 여학생을 업으라고 말씀하셨다. 선생님은 총각이었던 탓에 학생을 업는 일이 난감했기 때문이다.

친구는 여학생을 들쳐 업었다. 여학생은 상당히 뚱뚱한 편이었고, 집은 좁은 골목길 끝에 있었기 때문에 친구는 그날 허리가 끊어지는 것 같은 통증을 감수해야 했다. 한두 걸음만 옮겨도 미끄러져 내려오는 바람에 가다가 몇 번이나 멈추어 서서 여학생을 다시 들쳐 업었다.

친구는 내심 여학생이 자신의 고생을 알아주리라 기대했었다. 세월이 흐른 후 동창회에서 그날 자신에게 업혔던 여학생을 만나게 되었다. 친구는 여학생에게 그날 있었던 일에 대해 꺼내자 그녀는 이렇게 말했다.

"그때 네가 제대로 업어 주지를 못해서 정말이지 아파 죽을 뻔했어. 말은 못하고 네가 얼마나 야속했는지 몰라."

친구는 친구대로 여학생을 집까지 들쳐 업고 데려다 주느라 죽을 맛이었다. 그래서 당연히 그 여학생이 고맙다는 인사를 건넬 줄 알았다. 하지만 여학생은 여학생대로 친구에게 고마운 마음보다 야속한 마음이 먼저였다. 친구가 제대로 들쳐 업지 못해 자꾸만 등에서 미끄러져 내리는 순간을 모면하기 위해 그녀 자신도 나름대로 힘들었기 때문이다. 이렇듯 하나의 상황에서도 서로의 입장이 다르다.

영국이 낳은 세계적인 배우였던 찰리 채플린이 무명 시절 철공소에서 일할 때의 이야기이다. 어느 날 바쁜 일 때문에 식사를 하지 못한 사장이 그에게 빵을 사 오라고 부탁했다. 저녁 시간이 지나서야 사장은 채플린이 가져다준 봉투를 열어 볼 수 있었다.

그런데 그 안에는 빵 한 개와 와인 한 병이 들어 있었다.

"와인은 시킨 적이 없는데?"

사장은 채플린에게 이유를 물었다.

그러자 채플린은 이렇게 대답했다.

"사장님은 일이 끝나면 언제나 와인을 드시곤 했습니다. 그런데 오늘은 마침 와인이 떨어진 것 같아서 제가 둘 다 사 왔습니다."

이 말에 감동받은 사장은 채플린에게 일당을 올려 주었다. 뿐만 아니라 그 후로 그를 대하는 태도가 완전히 달라졌다.

채플린은 왜 사장이 시키지도 않은 와인까지 사 왔을까? 사장의 입장에서 헤아릴 수 있었기 때문이다. 만일 그가 사장의 입장에서 생각하지 않았다면 그저 시키는 대로 빵만 사 왔을 것이다. 그 결과 사장이 채플린의 행동에 감동받는 일도, 일당이 오르는 일도 없었을 것이다.

미국의 시인 에머슨의 어렸을 적 일화이다.

소년 에머슨은 서재에서 책을 보고 있던 아버지에게 큰 소리로 외쳤다.

"아빠, 좀 도와주세요. 송아지가 말을 안 들어요."

송아지를 외양간에 넣으려고 이런저런 방법을 써 보았지만, 송아지는 꿈쩍도 하지 않았다.

"네가 뒤에서 밀어 보렴."

아버지는 앞에서 당기고 소년 에머슨은 뒤에서 밀어 보았지만 역시 헛수고였다. 둘은 그만 지쳐 그 자리에 털썩 주저앉고 말았다.

이때, 그 광경을 지켜보던 늙은 하인이 달려왔다. 그녀는 자기의 손가락 하나를 송아지의 입에 물려주었다. 그러자 송아지는 젖을 빨듯이 손가락을 빨기 시작했다.

하인이 자기 손가락을 송아지에게 물린 채로 뒷걸음을 쳤다. 그러자 송아지는 아무런 저항 없이 순순히 따라왔다.

아버지와 아들이 힘을 합해도 할 수 없었던 일을 늙은 하인은 아무 어려움이 없이 해냈던 것이었다.

이때 에머슨은 힘보다는 상대방의 입장에서 생각하는 것이 더 큰 힘을 발휘한다는 것을 깨달았다.

신앙생활을 열심히 하는 사람이 있었다. 그는 열성이 지나쳐서 자신이 보기에 옳지 않다고 생각되는 것은 절대 용납하지 못하는 강직한 성격의 소유자였다. 그가 보기에 잘못했다고 생각되는 사람에게는 거침없이 비난했다. 자연히 그에게는 냉혹한 사람이란 꼬리표가 붙어 다녔다.

어느 날 존경하는 스승이 그를 찾아왔다. 랍비가 그에게 어떻게 지내느냐며 안부를 물었다. 그는 잘 지내고 있다는 말과 함께 자신에 대해 자랑스럽게 말했다.

"저는 신의 뜻을 따르기 위해 온갖 노력을 다하고 있습니다. 그런데 세상이 잘못 돌아가고 있는 것 같습니다. 그래서 나는 더욱 신을 위해 열심히 살고자 합니다."

그러자 랍비가 물었다.

"그러면 자네는 신을 위해 하는 일이 무엇인가?"

"저는 잘못된 행동을 하는 사람들과 싸우는 일에 헌신하고 있습니다. 앞으로도 거짓을 상대로 싸우는 일을 멈추지 않고 해 나갈 것입니다."

랍비가 그에게 다시 물었다.

"자네는 상대방을 공격하기에 앞서 그들의 입장을 생각해 본 적이 있는가?"

"물론입니다."

그는 자신 있게 대답했다. 그리고 이어서 말했다.

"저는 더 큰 공격력을 얻기 위해서 그들을 세밀하게 연구하곤 합니다. 바꾸어 말하자면 그들의 약점을 찾아내어 그들의 잘못을 지적하여 고치도록 하기 위해 연구를 게을리하지 않고 있습니다."

이 말은 들은 랍비는 갑자기 화를 내기 시작했다. 그는 랍비의 행동에 놀라 큰 충격을 받았다. 그는 랍비를 말리며 화를 내는 이유를 물었다.

랍비는 낮은 어조로 차분하게 말했다.

"상대방의 입장을 이해한다는 것만으로는 부족하다네. 자네는 상대방을 공격할 때 그들이 어떤 기분을 갖게 될 것인가도 함께 알아야 하네. 자네가 상대방의 감정까지도 이해할 수 있을 때 비로소 자네가 남에게 진리를 말하고 꾸짖을 수 있는 자격을 갖출

수 있다네. 내가 자네에게 고함지르며 삿대질을 할 때 어떤 느낌
이 들었는지 잊지 말게."

　고사성어에 '역지사지'(易地思之)라는 말이 있다. 처지를 바꾸어
서 생각한다는 뜻이다. 사회가 각박해질수록 역지사지의 노력이
중요하다. 먼저 '내가 그랬다면 어떻게 처신했을까?' 하고 입장
바꿔 생각해 볼 필요가 있다. 그러면 상대방에게 주는 마음의 상
처나 다툼 등은 훨씬 줄어들 것이다. 반면에 상대방과 나와의 관
계는 훨씬 돈독해지고 긍정적인 관계를 유지할 수 있다.

부담 없이
모두 행복해지는 비결

세상에서 가장 중요한 것은 무엇일까?

공기와 물, 가족, 친구, 돈, 꿈 등 답이 다양할 것이다. 이 장에서 말하고 싶은 것은 '사람'이다. 부모님, 형제, 친구, 선생님….사회는 인적 네트워크 속에서 움직인다. 따라서 인간관계가 원만한 사람은 그렇지 못한 사람에 비해 훨씬 잘 살 수 있다. 자신이 원하는 다양한 기회들을 인간관계를 통해 얻을 수 있기 때문이다.

그렇다면 어떻게 하면 인간관계를 원만하게 할 수 있을까? 사실 인간관계만큼 어려운 일도 없다. 공부는 열심히 암기하면 되지만 인간관계는 달달 외운다고 해서 되는 것이 아니기 때문이다. 모두가 개성과 자존심을 지닌 인격체여서 맞추기가 쉽지 않은 탓이다.

나는 인간관계에 도움이 되는 방법으로 주위 사람들의 생일을 챙겨 주라고 조언한다. 생일은 일 년에 서너 번도 아니고 딱 한 번뿐이다. 조금만 관심을 기울이면 충분히 생일을 챙길 수 있다. 무엇보다 생일을 챙겨 주면 주인공은 무한한 고마움을 느낀다. 이 한 번의 관심으로 그동안의 소원했던 일들은 모두 잊히고 좋은 기억으로 남게 된다.

만일 생일을 잊고 그냥 넘어간다면 어떻게 될까? 중학교 3학년인 리라도 그런 케이스에 속한다. 자신은 다른 친구들의 생일을 챙겨 주었지만 정작 친구들은 그렇지 못했다. 그런 리라의 기분은 어떨까?

리라가 현관을 나서려 할 때 어머니가 말했다.

"리라야, 이따 수업 끝나고 친구들과 맛있는 거 사 먹어. 생일 축하해."

리라는 학교로 가는 내내 발걸음이 가벼웠다. 어머니가 주신 용돈으로 친구들과 뭘 사 먹을까 고민했다.

'이따 수업 끝나고 친구들에게 한턱 쏴야지.'

생각만 해도 흐뭇했다.

그런데 4교시가 끝나고 점심시간이 되도록 리라에게 생일 축하한다고 말하는 친구가 없었다. 리라는 기분이 상했지만 그렇다고 드러낼 수도 없어 좀 더 기다려 보기로 했다.

'작년에 내가 저희들 생일 때 선물 다 사 줬는데… 설마, 이따가 하겠지.'

속상해하고 있는데 서희가 불렀다. 리라는 내심 '이제 오늘이 생일이라는 걸 알았나 보네, 계집애.' 하고 생각했다.

"리라야, 내일 주말인데 뭐할 거니?"

"아직 생각 안 해 봤어. 왜?"

"그냥 나랑 서점에 가지 않을래?"

리라는 순간 콜라의 김이 빠지듯이 실망했다.

"나 바빠! 너 혼자 가!"

화가 난 어조로 대답했다.

"가기 싫으면 가기 싫다고 말하지, 왜 나한테 신경질이니? 정말 웃겨!"

리라는 분노가 치밀어 올랐지만 꾹 눌러 참았다. 다들 알아서 자신의 생일을 챙겨 주지 않는 마당에 "오늘이 내 생일인 거 몰랐어?" 하고 소리칠 순 없었다. 자신이 더 초라해지기 때문이다.

리라는 하루 종일 기분이 좋지 않았다. 학교 수업이 끝나고 학원에 가지 않고 집으로 곧장 와 버렸다.

"학원은 어쩌고?"

엄마가 물었지만 리라는 무시하고 방으로 쏙 들어갔다. 침대에 드러누웠다. 그러자 얄미운 친구들의 얼굴이 떠올랐다.

'너희들을 친구로 생각한 내가 한심스러워.'

리라는 생각할수록 속이 상하고 화가 치밀었다.

그 후 리라는 친구들과의 관계가 소원해졌다. 그리고 얼마 후 겨울 방학이 되었고 새 학년이 되면서 친구들과의 관계가 완전히 끝나고 말았다.

물론 리라의 이야기는 좀 심한 편이라고 여길 수도 있겠다. 그러나 중요한 것은 그 어떤 사람도 자신의 생일을 매번 잊고 챙겨 주지 않는 사람에게 호감을 가지지 않는다는 것이다. 사랑이라는 끈으로 맺어진 연인도 한쪽이 생일을 잊어버린 채 지나친다면 자칫 금이 갈 수도 있다. 종종 부모님 사이에도 생일 때문에 다투는 일이 있다. 하찮은 이야기 같지만 그만큼 생일은 소홀히 해선 안 되는 것이다.

여러분 주위에는 소중한 사람들이 참 많다. 그들을 정말 소중하게 생각한다면 마음을 표시하라. 어떻게? 그 사람들의 생일을 기억했다가 챙기는 것이다. 물론 십대의 신분인지라 돈이 넉넉하지 않다. 그렇다면 서점에서 책 한 권을 예쁘게 포장해서 카드와 함께 선물한다면 어떨까? 주는 사람, 받는 사람 모두 부담 없이 행복할 것이다. 선물은 크고 값비쌀 필요는 없다. 오히려 그럴수록 받는 사람은 부담스럽기만 하다. 선물의 속성상 한 번 받았으면 다시 되갚아 주어야 하기 때문이다. 무엇보다 생일 챙기기의 묘미는 그 사람이 세상에 태어난 것을 진심으로 축하해 준다는 데 있다.

하지만 본의 아니게 생일을 잊어버려 지나치는 경우도 있다. 분명히 친구의 생일날에 표를 해 두었는데 보지 못해 그날을 넘겨버린 경험. 중요한 날은 일주일 전쯤에 표시를 해 두는 것이 좋다. 그러면 선물을 준비할 시간도 넉넉하고 한 번 더 확인하게 되므로 잊어버려 무안해지는 일은 없을 것이다.

세상에서 사람보다 더 소중한 보배는 없다. 따라서 "부모님이 세상에서 가장 소중해요", "너는 가장 소중한 친구야", "선생님 정말 고맙습니다" 등의 말보다 직접 행동으로 실천해 보자. 부담 없이 모두 행복해지는 비결, 바로 생일을 진심으로 축하해 주는 것이 아닐까.

어느 날, 하루살이와 방아깨비가 함께 어울려 놀았다. 어느덧 저녁이 되자 방아깨비가 말했다.

"오늘은 그만 놀고 내일 또 놀자."

이 말에 하루살이가 물었다.

"방아깨비야, 내일이 뭐니?"

방아깨비는 밤이 지나면 다시 오늘처럼 환한 날이 오는데 그것이 내일이라고 설명해 주었다. 그러나 하루살이는 도무지 이해가 되지 않았다.

다음 날이 밝자 방아깨비는 하루살이를 기다렸다. 하지만 아무리 기다려도 하루살이가 나타나지 않자 방아깨비는 개구리와 친구가 되어 놀았다.

이윽고 여름이 지나고 가을이 되었다.

개구리가 방아깨비에게 말했다.

"방아깨비야, 이제 곧 겨울이야. 건강하게 내년 봄에 다시 만나자."

개구리의 말에 방아깨비가 물었다.

"개구리야, 내년이 뭐니?"

"내년은 말야, 추운 겨울이 지나고 다시 따뜻한 봄이 오는 것이야."

그러나 그동안 한 번도 겨울을 보낸 적이 없는 방아깨비는 전혀 이해되지 않았다.

방아깨비는 하루밖에 살지 못하는 하루살이의 입장을 모른다. 개구리 역시 방아깨비가 봄을 맞을 수 없다는 것을 알지 못한다. 사람들 중에도 상대방의 입장을 고려하지 않고 행동하는 사람들이 있다. 이들은 생각이 짧은 방아깨비와 개구리와 다를 바 없다. 자신의 입장만 생각하고 행동하기 때문에 다툼이 생기거나 반감이 생기게 된다.

한 가지 질문을 던지겠다.

얼룩말은 흰색 바탕에 검은색 줄무늬가 그려져 있을까? 검은 바탕에 흰색 줄무늬가 그려져 있을까?

모두들 다르게 답할 것이다. 그런데 재미있는 사실은 백인들은 대부분 흰 바탕에 검은색 줄무늬가 그려져 있다고 생각하고, 반면에 흑인들은 검은색 바탕에 흰색 줄무늬가 그려져 있다고 생각한다는 것이다. 이처럼 사람은 누구나 자신의 입장에서 생각하기 마련이다. 친구들과 대화할 때 자신의 입장만 강요해선 안 된다. 그 대신 친구들의 입장에서 생각해 보는 배려가 필요하다. 그러할 때 나와 다른 친구들의 생각과 의사를 존중해 줄 수 있기 때문이다.

세상에는 내가 아는 것이 오답일 수도 있고, 나처럼 친구들의 생각도 자유롭다는 것을 인정하고 받아들이자.

누군가와 대화를 할 때는 꼭 기억하자.

'내 생각이 틀릴 수 있다는 것.'

'나와 상대방의 생각이 다르다고 해서 틀린 것이 아니라는 것.'

원하는 사람이 되기 위해 어떤 준비를 해야 할까?
진짜 주인공은 사랑을 주는 사람
가족은 사랑의 시작이야
영혼으로 맺어진 친구, 소울메이트
촛불은 제 자신을 밝히기 위해 존재하지 않는다

여덟 번째 다짐
'네 탓'이 아니라 '내 탓'이라고 말할 테야

제8장

사랑은 세상에서
가장 아름다운
보석

원하는 사람이 되기 위해
어떤 준비를 해야 할까?

"제 성공의 비결은 감사하는 습관입니다."

이 말은 세계 여성들이 가장 닮고 싶은 인물 1위, 미국의 대표적인 TV 뉴스프로그램 「인사이드 에디션」의 진행자이자 에미 상을 두 차례나 수상한 세계적인 저널리스트 데보랄 노빌이 한 말이다.

그녀는 저서 「감사의 힘」을 통해 삶을 살아가는 가장 큰 에너지이자 강력한 변화 요소는 '감사'라고 주장한다. 사실 감사보다 더 위대한 에너지는 없다. 관계를 더욱 돈독하게 해 주고 불행을 기회로 바꾸어 준다. 그래서 위대한 업적을 이룬 사람들의 이면에는 항상 감사하는 마음을 가지고 있다는 것을 알 수 있다. 그 가운데 '토크쇼의 여왕' 오프라 윈프리를 꼽을 수 있다.

그녀는 자신의 이름을 걸고 하는 '오프라 윈프리 쇼'로 에이미 상을 30회나 수상을 했고 TV 아카데미 명예의 전당에도 올랐다. 현재 그녀는 TV프로그램 제작과 출판 및 인터넷 사업 등을 총망라하는 하포 그룹 회장으로 바쁘게 살고 있다. 2009년 5월 7일 미국의 경제지 「포브스」는 방송인 오프라 윈프리의 재산이 27억 달러(한화 약 3조 3600억 원)로 '미국 흑인 20대 부자' 중 최고의 갑부로 선정했다. 그녀는 국가, 인종, 종교, 성을 초월해 전 세계 사람들의 부러움을 사고 있다.

그녀의 과거는 현재의 화려한 생활과는 정반대였다. 지독히 가난한 미혼모에게서 태어나 외할머니 손에서 자랐다. 그곳에서 삼촌에게 성폭행을 당했고, 14살의 어린 나이에 출산과 동시에 자신도 미혼모가 되는 불운을 겪었다. 게다가 아기는 불행하게도 태어난 지 2주 만에 죽었고 그 충격으로 가출하여 마약을 복용하며 지옥 같은 삶을 살았다.

살고 싶은 의욕을 잃은 그녀의 몸은 107킬로그램까지 불어 못생기고 뚱뚱한 흑인 미혼모에 지나지 않았다. 그때 그녀에게 희망의 빛이 되어 준 존재가 있었다. 바로 아버지 버논 윈프리였다.

어느 날 아버지는 오프라에게 이렇게 말했다.

"오프라, 세상에는 세 종류의 사람들이 있단다. 일을 만드는 사람이 있고, 또 그 일이 일어나는 걸 바라보는 사람이 있지. 마지막으로는 무슨 일이 일어나는지조차 모르는 사람이 있어. 자, 너는 어떤 사람이 되고 싶니?"

오프라는 가만히 생각해 보았다.

'나는 어떤 사람이 되고 싶은가?'

'원하는 사람이 되기 위해 어떤 준비를 해야 하는가?'

곧 그녀는 자신이 일을 만드는 사람, 즉 자신이 주인공이 되는 삶을 살고 싶다는 것을 깨달았다. 그 후로 오프라는 자신의 처지를 불평하기보다 감사하는 습관을 들였다. 뿐만 아니라 틈틈이 책을 읽고 열심히 공부했다. 그러자 조금씩 희망이 보이기 시작했다. 얼마 후 그녀에게 인생의 터닝 포인트가 찾아왔다. 네쉬빌 TV 방송국에 흑인 여성 최초의 뉴스앵커로 발탁된 것이다. 그곳에서 3년간 최선을 다한 그녀는 좀 더 큰 볼티모어의 TV방송국 6시 뉴스앵커로 옮겨 갈 수 있었다.

그러나 오프라의 뉴스 전달이 너무 감성에 치우친다고 판단한 담당자는 그녀를 아침 방송으로 좌천시켜 버렸다. 이것은 오히려 그녀에게 전화위복의 기회가 되었다.

오프라는 첫 아침 방송에 대한 소감을 이렇게 밝혔다.

"첫 방송이 끝난 순간, 나는 하나님께 감사드렸어요. 내가 하고자 했던 것을 드디어 찾았다는 느낌이 들었거든요. 마치 편안하게 숨 쉬는 것과 같은 기분이 들었어요. 사실 살아가다 보면 원하는 일을 찾지 못할 때가 종종 있잖아요. 오히려 일이 나를 선택할 때도 있고요. 나는 아침 방송으로 좌천되었지만 이제야 진정한 내 일을 찾은 것 같아요."

오프라는 감사하는 생활을 했다. 그러자 감사할 일만 생겼다. 그녀가 진행하는 방송 프로그램은 기대 이상의 대성공을 거두었다. 그렇게 그녀는 토크쇼의 여왕이 되는 첫발을 내디딜 수 있었다.

언젠가 그녀는 자신이 지금처럼 성공할 수 있었던 것은 '감사하는 습관' 덕분이라고 말한 바 있다. 그녀는 아무리 바빠도 그날 일어났던 일 가운데 다섯 가지 감사 목록을 찾아 기록한다. 감사의 내용은 거창한 것이 아닌 작은 일상의 것들로 채워진다.

1. 오늘도 거뜬하게 잠자리에서 일어날 수 있어서 감사합니다.
2. 유난히 눈부시고 파란 하늘을 보게 해 주셔서 감사합니다.
3. 점심 때 맛있는 스파게티를 먹게 해 주셔서 감사합니다.
4. 얄미운 짓을 한 동료에게 화내지 않았던 저의 참을성에 감사합니다.
5. 좋은 책을 읽었는데, 그 책을 써 준 작가에게 감사합니다.

오프라 윈프리는 자신의 감사하는 습관을 가진 후 인생에서 가장 소중한 것이 무엇인지, 어디에 삶의 초점을 두어야 하는지 깨닫게 되었다. 감사하는 습관이 그녀를 세상에서 가장 행복한 사람으로 만들어 준 것이다.

대부분의 사람들은 감사보다는 불만을 터뜨리기 일쑤이다. 그런데 한 번 시작된 불만은 끝이 없다. 분노나 두려움과 같은 부정적인 감정이 꼬리에 꼬리를 물고 이어진다. 결국 관계를 꼬이게 하거나 일을 그르치게 만든다. 하지만 감사할 때 만족하게 되고 사랑과 기쁨, 희망과 같은 긍정적인 감정이 생겨난다.

여러분, 지금 당장 '감사 노트'를 하나 마련하자. '감사 노트'에다 하루에 다섯 가지 감사의 목록을 찾아 노트에 적는 습관을 가져 보자. 거창하지 않아도 좋다. 작고 사소한 부분일지라도 감사하는 마음이 담겨 있다면 족하다. 이처럼 감사하는 습관을 가질 때 마음이 행복해지고 삶이 훨씬 풍요로워진다.

진짜 주인공은
사랑을 주는 사람

세상에 사랑보다 더 고귀한 것은 없다.
사랑은 누군가에게는 위로이고, 희망이며, 용기가 된다.

그동안 나는 예술, 문화, 경영 등 각계에서 성공한 사람들을 많이 만나게 되었다. 그들에게서 발견한 또 하나의 공통점이 있었는데, 바로 사랑을 베풀고 그들 역시 사람들로부터 사랑을 받았다는 것이다.

그러나 힘든 인생을 사는 사람들은 그 반대의 삶을 살았다. 항상 자신이 주인공이었던 탓에 사랑을 베푸는 데 인색했다. 그 결과 사람들과의 관계가 꼬이고 일마저 뜻대로 되지 않았다. 철저히 혼자인 삶을 산 것이다.

현자들은 성공과 행복의 비밀은 사랑 안에 있다고 말한다. 그 이유는? 다음 일화를 통해 찾을 수 있다.

깊은 산속 통나무집에 세상의 온갖 지혜를 지닌 노인이 살고 있었다. 마을 사람들은 노인이 내려오면 모여들어 그의 말을 듣기를 원했다. 하루는 노인이 행복의 비밀을 가르쳐 주겠다며 조건을 내세웠다. 이 세상에서 가장 소중한 것을 지닌 사람만이 이를 들을 자격이 있으므로 그런 이를 보내라고 말했다. 마을 사람들은 회의 끝에 아름다움이 가장 값진 가치라고 결론짓게 되었다. 그래서 제일 예쁜 소녀를 뽑아 산으로 보냈다. 하지만 노인은 소녀를 그냥 돌려보냈다. 사람들은 다시 의논했다. 그리고 풍부한 재산이야말로 가장 소중한 것이라 판단하고 돈 많은 사람을 골라 보냈다. 그러나 노인은 이번에도 행복의 비밀을 가르쳐 주지 않았다. 사람들보다 더 실망한 노인이 길을 가는데 한 소년이 작은 새를 안고 울고 있었다. 왜 그러느냐고 묻자 소년은 새가 다쳐 아프기 때문이라고 대답했다. 노인은 이제야 행복의 비밀을 들을 자격을 갖춘 사람을 만났다며 기뻐했다.

"그래 네가 지금 흘리고 있는 눈물이야말로 이 세상에서 가장 소중한 것이다. 남을 사랑해 보지 않고서 행복을 맛볼 수는 없는 것이란다." 이 소년을 통해 마을 사람들은 마침내 행복의 비밀을 터득했다

대부분의 사람들은 사랑의 중요성에 대해 막연하게 알고 있다. 사랑은 눈에 보이지 않기 때문이다. 그래서 사랑이 중요하다는 것

은 알지만 행동으로 옮기지 않는다. 하지만 사랑을 실천하는 사람들은 사랑의 실체를 마음의 눈으로 보고 만진다. 그래서 "사랑은 우리 주위에 가득하다"고 말하는 것이다.

사랑에는 모든 사람들을 사랑하는 대중적인 사랑과 한 개인을 사랑하는 개인적인 사랑이 있다. 어떤 사랑이 더 좋고 나쁘다고 말할 수는 없다. 사랑은 그 자체만으로도 소중하고 아름답기 때문이다.

사랑에는 정도의 차이는 있지만 반드시 희생이 따른다. 크고 깊은 사랑일수록 희생은 크게 마련이다. 제2차 세계 대전 당시 폴란드의 아우슈비츠 수용소에서 타인을 위해 죽음을 선택한 콜베 신부의 이야기가 그렇다.

1941년 7월, 폴란드의 아우슈비츠 수용소에서 포로 한 명이 탈출했다. 나치 수색대가 출동해서 탈출자가 24시간 내에 잡히지 않을 경우에는, 그 사람이 소속된 수용자 중 10명을 골라 죽이겠다고 협박했다.

탈출자와 같은 방에 있던 사람들은 밤이 깊어 갈수록 죽음의 공포에 떨었다. 하지만 탈출한 사람은 끝내 돌아오지 않았다.

다음 날 수용소 소장이 나와 처형시킬 사람을 한 줄에서 한 명씩 골라냈다. 그중의 한 명이었던 가조우니첵크가 소리쳤다.

"내겐 아내가 있어요. 불쌍한 자식들도 있고요!"

그의 울부짖는 소리에 콜베 신부가 한 걸음 앞으로 나왔다.

"저 녀석은 도대체 어쩌자는 거야?"

앞에 있던 대령이 소리쳤다.

그러자 신부는 비틀거리는 걸음으로 대령에게 다가서더니 이렇게 말했다.

"저는 이 세상에 핏줄이라곤 아무도 없는 사람입니다. 하지만 저 사람은 가족을 위해서 살아야만 합니다. 저 사람 대신 나를 처형해 주세요. 부탁합니다."

"좋소. 원한다면…."

대령은 포로 대신 신부를 대신 처형시켰다. 지옥처럼 길고 고된 4년이 지나고, 공포의 수용소에서 해방된 가조우니첵크는 바르샤바의 자기 집으로 달려갔다.

그는 아내와 함께 새로운 생활을 하며 지내다 놀라운 뉴스를 들었다. 교황청에서 콜베 신부를 성인품으로 올린다는 것이었다.

시성식이 결정된 날, 그는 교황에게 이렇게 말했다.

"저는 콜베 신부님에게 감사하다는 말 한마디 못했습니다. 그저 서로 바라보았을 뿐입니다."

콜베 신부는 자신의 목숨을 한 사람에게 선물했다. 그는 많은 사람들에게 결코 정복당하지 않는 사랑의 힘을 유산으로 남겼다.

사람은 누구나 오래도록 살고 싶어 한다. 그래서 모든 사람에게는 스스로 자신을 보호하려는 일종의 시스템인 자기 방어 기제가 있다. 조금이라도 자신에게 해가 될 만한 일이 있다면 피하게 된다.

그러나 콜베 신부는 어떤가? 타인을 위해 자기 방어 기제의 작동을 해제했다. 사실 콜베 신부도 내심 두려웠을 것이다. 하지만 사랑의 힘으로 감수할 수 있었다. 이처럼 사랑은 그 어떤 것보다 위대하다.

사랑은 어떤 상황에 처해도 꺼지지 않는 희망의 불씨와 같다. 사람들은 세상이 갈수록 살기가 힘들어지고 각박해진다고 말한다. 하지만 타인을 위한 사랑 한 조각만 있다면 세상은 얼마든지 행복해질 수 있다. 서로 힘들고 부족한 부분은 사랑의 조각으로 채우면 되기 때문이다.

마지막으로 영국 영화배우 엘리자베스 테일러의 말을 가슴에 새겨 보자.

"나는 평생 화려한 보석들에 둘러싸여 살아왔어요. 하지만 내가 정말 필요로 했던 건 그런 게 아니었어요. 누군가의 진실한 마음과 사랑, 그것뿐이었어요."

가족은 사랑의 시작이야

나에게 가족이 있다는 것은 행운이다.
가족은 내가 올바르게 성장하고 거친 세상과 맞서 싸울 수 있도록
격려하고 용기를 주는 존재이다. 무엇보다 중요한 것은 가족으로
부터 보살핌을 받고 사랑을 배운다는 것이다.

그런데 여러분 가운데 가족을 귀찮은 존재로 여기는 사람이 있
다. 매일 반복되는 부모님의 잔소리에 자신이 구속받고 있다고 생
각하거나 이기적인 형과 누나, 동생 때문에 피해를 보고 있다고
생각한다. 과연 정말 그럴까? 어머니의 꾸중에 못 이겨 홧김에 가
출한 병호의 이야기를 들어 보자.

병호는 어릴 때 교통사고로 아버지를 잃은 후 줄곧 어머니와 같이 살았다. 아버지가 세상을 떠난 후로 집안 형편은 어려울 수밖에 없었다. 그래서 어머니는 종이 만드는 공장으로 일을 나가게 되었다.

병호는 중학교에 진학하면서 나쁜 친구들과 어울리게 되었다. 그 즈음 어머니는 약한 몸으로 힘든 공장 일에 시달려서인지 몸이 좋지 않아 방 안에서만 누워 지냈다.

그러던 어느 날이었다. 어머니는 병호를 불러 놓고 나쁜 친구들과 어울려 다니지 말라며 심하게 야단쳤다. 어머니에게 호되게 혼이 난 병호는 바로 집을 뛰쳐나오고 말았다. 그리고 학교도 가지 않았다.

집을 나와 한동안 친구 집에서 머물러 지냈다. 하지만 신세 지는 것도 하루 이틀이지 오래 있을 수는 없었다. 주머니에 들어 있던 돈이 바닥나자 배가 고프고 은근히 집이 생각났다. 그리고 몸져 누워 있을 어머니 걱정도 되었다. 그러나 자신을 호되게 야단친 어머니가 미워 집에는 들어가기 싫었다. 그러다가 병호는 주유소에서 일을 하게 되었다.

주유소는 좋은 위치에 있어서 쉴 새 없이 자동차들이 주유소로 밀려들어 왔다. 잠시도 쉬지 못한 채 뛰어다니며 기름을 넣는 일은 너무나 힘들었다. 거기에다 자동차가 뜸한 틈을 타 쪼그리고 앉아 쉬고 있으면 곧장 사장이 달려와 태만하다고 야단쳤다. 그때 병호는 사회가 너무나 냉혹하다는 생각이 들었다.

병호는 모든 것이 짜증스럽게 느껴졌고, 앞으로 살아갈 날이 막막했다. 이런 초조함과 불안감 때문에 술도 마시게 되었고, 담배도 피우게 되었다.

어느 날 병호는 문득, 어머니 생각이 나서 주유소에 있는 공중 전화기로 집에 전화를 했다. 어머니가 계시지 않은지 전화를 받지 않았다. 여러 번 더 전화를 더 걸어 보았지만 역시 마찬가지였다. 불길한 생각이 들어 이모에게 전화를 걸었다.

이모는 울먹이며 말했다.

"병호야, 여태 무엇 하다가 이제야 전화하는 거니? 2주일 전에 엄마…… 돌아가셨어. 엄마가 얼마나 애타게 너를 찾았는데……"

이모는 더 이상 말을 잇지 못하고 울기만 했다. 병호의 두 눈에서는 계속 눈물이 흘러내렸다.

병호가 집으로 돌아갔을 땐 어머니의 일기장과 사진만이 덩그러니 놓여 있었다. 그리고 병호가 가장 갖고 싶어 하던 손목시계도 함께 놓여 있었다. 어머니는 세상을 떠나기 전에 아들 병호에게 시계를 선물로 주고 갔던 것이다. 병호는 그동안 집을 나와 몸이 아팠던 어머니를 돌봐 드리지 못한 것을 뼈저리게 후회했다.

어머니는 병호가 집을 나간 다음 날부터 매일 일기를 썼다. 일기를 보는 병호의 눈에서는 굵은 이슬 같은 눈물이 마구 쏟아져 내렸다.

'사랑하는 내 아들, 병호야 너무 보고 싶구나.'

모든 일기의 첫 머리에는 이렇게 씌어져 있었다. 어머니가 병호를 얼마나 보고 싶어 했는지 그리움이 그대로 담겨 있었다.

병호는 어머니의 야단이 사랑이라는 것을 알지 못했다. 그래서 어머니에게 반감을 가지게 되었던 것이다. 여러분 중에도 병호처럼 부모님의 야단을 꾸짖음으로만 생각하는 사람이 있을 것이다. 하지만 그렇지 않다. 부모님이 여러분에게 간섭하고 야단치고 하는 것은 사랑하기 때문이다. 여러분을 아끼고 사랑하기 때문에 관심을 가지게 되고 기대에 못 미치거나 잘못된 길로 빠지게 되면 야단을 치는 것이다.

세상에서 가장 무서운 것은 무관심이다. 무관심은 아무런 관심이 없다는 표현이다. 상대방에게 관심이 없으면 미움과 같은 감정도 생겨나지 않는다. 따라서 야단치고 간섭하는 것은 그만큼 여러분이 잘되기를 바라는 마음이 강하기 때문이다.

가족은 그 무엇과도 바꿀 수 없는 소중한 존재이다. 가족을 통해 사랑을 배우기 때문이다. 누군가에 대한 애틋한 감정을 가질 수 있는 것은 가족 덕분이다. 부모님이 나를 아끼고 배려하고 헌신하는 모습을 통해 사랑을 알게 되었기 때문이다. 그리고 그 사랑을 누군가에게 베푸는 것이다.

어느 날 희귀한 혈액형을 가진 한 아이가 교통사고를 당해 급히 수술실에 들어갔다. 수술 중에 피를 많이 흘린 탓에 혈액이 모자라 생명이 위독해졌다. 병원에서는 여기저기 수소문을 했지만 그 혈액형을 구하지 못했다.

그 사이 식구들의 혈액을 검사했고 그 아이의 동생이 같은 혈액형을 가지고 있다는 것을 알았다. 워낙 시간이 촉박했던 탓에 병원에서는 동생의 혈액을 수혈하기로 의견을 모았다.

의사가 아이에게 물었다.

"애야, 지금 형은 몹시 위독하단다. 어쩌면 하늘나라로 갈지도 모르겠구나. 그러지 않기 위해서는 너의 피를 형에게 조금 나누어 주어야 하는데…… 좀 아파도 참는다면 형은 다시 살아날 수 있단다. 자, 어떡하겠니?"

동생은 한동안 말없이 고개를 숙인 채 생각에 빠져 있었다. 그러더니 잠시 후 의사를 보며 고개를 끄덕였다.

그런데 피가 호스를 타고 나가는 것을 보자 아이는 갑자기 울음을 터뜨렸다. 어머니는 가만히 아이를 안아 주며 달래 주었다.

이윽고 주삿바늘을 빼자 아이는 울음을 그치고 눈을 감은 채 일어나지 않았다.

의아한 표정으로 의사가 물었다.

"애야 다 끝났다. 그런데 왜 눈을 감고 있지?"

그러자 아이가 말했다.

"하늘나라에 갈 준비를 하고 있어요."

아이의 말에 주변에 있던 사람들은 깜짝 놀랐다.

그 아이는 그동안 헌혈을 해 본적도, 눈으로 직접 본 적도 없었다. 그래서 자신의 몸에서 피를 뽑았기 때문에 곧 죽는 줄로 알고 있었던 것이다.

웃으며 의사가 또 물었다.

"애야 그럼 넌 네가 죽는 줄로 알면서도 헌혈을 한다고 했었니?"

아이가 말했다.

"저는 형이 가장 좋아요. 그래서 형 대신 제가 죽고 싶었거든요."

가족이 되었건, 타인이 되었건 내가 어떻게 대하느냐에 따라 행동이 달라진다. 일화 속의 형제가 우애가 두터운 것은 형이 평소 동생을 아끼고 사랑했기 때문이다. 따라서 동생은 형의 그러한 모습을 보며 형을 사랑하는 것이다. 형제가 부럽다면 여러분도 먼저 형과 동생에게 사랑을 실천해 보라. 모두들 부러워하는 돈독한 형제가 될 것이다.

십대라는 시기는 부모님으로부터 가장 많은 관심과 사랑을 받는 시기이다. 그러나 대학 졸업 후 사회생활을 하게 되면 모든 것을 스스로 판단하고 결정해야 한다. 그때가 되면 지난 십대 시절이 사무치게 그리워질 것이다. 그러니 지금 부모님의 과분한 사랑을 기쁜 마음으로 받아들이자.

영혼으로 맺어진 친구, 소울메이트

사람은 신이 아니기에 완벽할 수 없다. 그래서 신은 우리에게 '친구'라는 선물을 주었다. 친구는 나에게 부족한 부분을 채워 주는 소중한 선물이다.

미국 건국의 아버지 벤자민 프랭클린은 "아버지는 보물이고 형제는 위안이며, 친구는 보물이자 위안이다"라고 말했다. 그렇다. 어린 시절에는 부모님과 형제에게 기대거나 의존한다. 하지만 성인이 되면 그 자리를 친구가 대신하게 된다. 그래서 어른들은 "좋은 친구들을 많이 사귀라"고 충고하는 것이다. 좋은 친구가 많으면 그만큼 힘든 일을 만나더라도 힘이 되고 위로가 되어 주기 때문이다.

그나 좋은 친구를 사귄다는 것은 생각처럼 쉽지 않다. 무조건 많은 친구들을 사귀기보다 한 사람을 사귀더라도 소울메이트가 되어 줄 수 있는 친구를 사귀어야 한다. 양보다 질이 우선이라는 뜻이다.

그렇다면 어떻게 해야 그런 친구를 사귈 수 있을까? 다음의 이야기에서 힌트를 찾아보자.

미국의 강철왕 카네기가 소년 시절에 면방직 공장에서 직공으로 일하고 있을 때의 일이다.

공장에서 같이 일하던 친구는 평소 성실하지 못한 행동 때문에 해고를 당했다. 그는 카네기가 집에 없는 틈을 노려 카네기의 어머니를 속여 저금통장을 훔쳐 갔다.

공장에서 돌아온 카네기는 그것을 알고 곧 친구의 집으로 갔다. 친구의 집은 낡아 빠진 조그마한 오두막집이었다. 더군다나 초라한 옷차림을 한 친구의 어머니는 앞을 못 보는 맹인이었다.

"어떡하지? 지금 집에 없는데."

친구의 어머니는 아직 그가 공장에서 쫓겨난 것도 모르고 있었다. 카네기는 친구의 어머니를 보고 어떻게 해서라도 그를 바른 길로 인도해 주기로 결심했다. 그때 마침 집에 돌아온 친구는 카네기를 보자 달아나려고 했다. 그는 달아나려는 친구를 붙들고 말했다.

"난 너를 책망하려고 온 게 아냐. 네 어머니께서 너를 많이 걱정하시더라. 내가 다시 공장장에게 부탁할 테니 이번에는 성실하게 일하지 않겠니?"

다음 날 친구를 데리고 카네기는 공장장을 찾아갔다.

"공장장님. 오늘부터 성실하게 일할 것이니까 한 번만 더 용서해 주세요."

그러나 공장장은 친구의 복직을 쉽게 허락하지 않았다.

"그러면 저도 그만두겠습니다. 친구를 배신할 수는 없어요. 친구와 함께 일할 곳을 찾아 다른 곳으로 가겠습니다."

이러한 카네기의 성실하고 따뜻한 우정에 공장장은 친구의 복직을 허락했다. 친구는 카네기의 우정에 마음 깊이 고마워했다. 그 후로 마치 다른 사람이 된 것처럼 열심히 일했다.

소울메이트를 만나고 싶다면 먼저 자신이 누군가에게 소울메이트가 되어 주어야 한다. 쉽게 말해 먼저 상대방에게 우정을 나누고 싶은 친구가 되어야 한다는 말이다. 정원을 정성스레 가꾸듯이 친구와의 우정도 가꾸어 나가야 한다. 좋은 친구만을 소원하면서 아무런 노력을 기울이지 않는다면 감나무 밑에서 홍시 떨어지기를 기다리는 사람이다.

어느 마을에 마음씨 착한 젊은이가 살고 있었다. 젊은이는 성실한 덕분에 생활이 넉넉했다.

그러나 뜻하지 않은 화재가 일어나 하루아침에 모든 것을 잃어버리고 말았다. 그동안 넉넉한 살림으로 부모님을 모시며 살던 젊은이는 가진 것 하나 없는 상황에서 어떻게 살아야 할지 앞날이 캄캄했다.

젊은이가 한순간에 모든 재산을 잃어버리게 되자 며칠 전까지만 해도 친하게 지내던 친구들이 발길을 뚝 끊어 버렸다. 뿐만 아니라 걱정이나 위로를 해 주는 사람들도 얼마 되지 않았다.

어느 날, 이 소식을 전 해 듣고 멀리 사는 친구 세 명이 찾아왔다. 세 명 중 제일 먼저 온 친구가 말했다.

"이를 어째, 자네 어찌된 일인가? 얼마나 마음고생이 심하겠는가! 무엇이든 어려운 일이 있거든 말만 하게."

"고맙네."

젊은이는 친구에게 짧은 인사만 건넬 따름이었다. 그 친구는 이 말만 남기고는 부리나케 돌아갔다.

이번에는 두 번째로 찾아온 친구가 말했다.

"자네처럼 효성이 지극한 사람에게 이런 일이 생기다니, 하늘도 무심하시지. 내 자네에게 새것을 사다 주자니 돈이 없고 헌 옷이나 쓰던 것들을 가져다주려고 하니 마음에 걸리고 생각 끝에 그림 가게에 들러 예쁜 그림을 한 점 사들고 왔다네. 이 그림을 내 마음이라고 생각하고 받아 주게나."

젊은이는 그림을 들고 와서 위로하는 친구에게 말했다.

"성의는 고맙네. 하지만 지금의 형편에 그 그림이 무슨 소용이 있겠는가? 도로 가져가시게."

거절을 당하자 두 번째로 찾아왔던 친구는 벌컥 화를 내며 돌아가 버렸다.

세 번째로 찾아온 친구는 많은 생각 끝에 자신이 집에서 덮던 이불과 입던 옷 중에서 몇 벌을 싸 가지고 왔다.

친구가 말했다.

"자네, 정말 미안하네. 이 소식을 이제야 들었다네. 그런데 내게 새 옷을 살 돈이 없어서 그동안 덮던 이불과 입던 옷을 싸 가지고 왔네. 비록 보잘것없는 것이지만 마음이라 생각하고 받아 주면 고맙겠네."

이 말을 듣고 있던 젊은이의 두 눈에서는 눈물이 흘러내렸다. 젊은이는 세 번째로 찾아온 친구의 손을 잡고는 말했다.

"고맙네, 정말 고마워. 이 우정은 평생 잊지 않겠네."

우정은 어려울 때일수록 그 가치가 빛나는 법이다. 소울메이트라면 어려움에 처한 친구를 외면하지 않는다. 반면에 말로만 우정을 떠드는 친구들은 어떨까? 언제 그랬냐는 듯이 냉정하게 연락을 끊어 버린다. 혹여 자신에게 도움을 청할까 봐 미리 거리를 두는 것이다.

십대 시절은 공부도 중요하지만 친구도 많이 사귈 필요가 있다. 여러분 가운데 "친구는 대학에 가서도 얼마든지 사귈 수 있잖아요", "사회에 나가서 친구 사귀면 되죠"라고 말하는 사람도 있을 것이다. 그 말도 맞다. 하지만 십대 때 사귄 친구와 치열한 경쟁에 내던져진 사회에서 만난 친구는 엄연히 다르다. 십대 때는 순수한 마음으로 사귀지만 성인이 되어서 만난 친구는 이해관계에 의해 만났기 때문에 자신에게 득이 되지 않으면 멀어지기 때문이다.

세계적인 베스트셀러 「가르시아 장군에게 보내는 편지」의 저자 앨버트 하버드는 "친구란 모든 것을 알고 있으면서도 사랑해 주는 인간을 말한다"라고 말했다.

여러분에게 그런 친구가 있는가?

촛불은 제 자신을
밝히기 위해
존재하지 않는다

톨스토이는 다른 사람을 위해 희생하는 것이야말로 진정한 사람이라고 말했다. 그렇다. 사랑이 가치 있고 아름답게 여겨지는 것은 자기희생이 깃들어 있기 때문이다. 자기희생은 자신을 소비해 남을 밝게 해 주는 양초와 같다. 그 빛은 다른 사람들의 아픈 마음을 어루만져 주고 꺾인 날개를 치유해 준다.

얼마 전 한 일간지에 호주의 한 여성이 생후 8개월 된 아들과 함께 암에 걸린 아버지에게도 수유를 하고 있다는 기사가 소개되었다. 호주 언론의 보도에 따르면, 결장암 말기로 투병 중인 예순일곱 살의 팀 브라운은 면역 체계 향상을 위해 6개월째 매일 딸 조지아 브라운의 모유를 마시고 있다는 것이다.

지난 2007년 딸 조지아의 결혼식을 한 달 앞두고 결장암 선고를 받은 팀은 수술을 받았으나 계속 악화돼 말기 판정을 받았다. 어려운 화학 치료를 견뎌 내고 호전되었지만 딸이 첫 번째 아이를 임신했을 때 재발했다. 온 가족이 아버지의 치료에 관심을 가지게 되었고, 조지아는 지난해 아이를 출산한 뒤 TV에서 전립선암 치료를 위해 모유 은행에서 모유를 공급받아 밀크쉐이크 형태로 마시는 남성에 대한 다큐멘터리를 보게 되었다. 또한 인터넷에서 모유가 암에 도움이 된다는 연구 결과를 접하고 나서 아버지를 위해 모유를 모으기 시작했다.

팀은 매일 아침 우유를 약간 섞은 콘플레이크와 함께 조지아가 냉동 보관해 둔 모유를 섞어 마셨다. 모유 마신지 한 달이 지나자 증세는 호전되었다. 의사는 모유 덕분이라고 확답하지 않았지만 가족들은 그렇게 믿고 있다.

언론과의 인터뷰에서 딸 조지아는 이렇게 말했다.

"앞으로도 가능한 한 오래 아버지에게 모유를 드리고 싶어요."

이 이야기는 야후 호주 사이트의 라이프스타일 코너에 소개되면서 블로그 등을 통해 네티즌들로부터 폭발적인 사랑과 지지를 받고 있다.

그렇다면 아버지의 병세가 호전된 것은 딸의 수유 때문일까? 세계 암 연구 기금은 언론과의 인터뷰에서 "모유를 구성하는 성분이 항암 치료에 도움이 되는지는 아직 밝혀지지 않았다"고 말한 바 있다. 나는 아버지를 사랑하는 딸의 헌신이 기적과 같은 일을 만들어 냈다고 생각한다. 기적은 강한 믿음과 헌신에서 비롯되기 때문이다.

도스토예프스키는 "자기 자신을 희생하는 것처럼 행복한 일은 없다"고 말했다. 그는 왜 자기희생이 행복하다고 말했을까? 그것은 사랑을 전제로 하는 희생이기 때문이다. 사실 사랑하는 사람에게 모든 것을 주어도 아깝지 않다. 오히려 더 주지 못해 안타까울 뿐이다.

뉴스를 통해 간암에 걸린 아버지를 위해 자신의 간을 이식해 준 고3 수험생의 이야기가 소개된 적이 있다. 대입 시험보다 자신을 낳아 주고 길러 주신 아버지의 목숨이 더 소중했기 때문일 것이다. 이것이 바로 사랑이다.

스기하라 지우네는 어려서부터 외교관이 되는 것이 꿈이었다. 외교관으로서 일본을 대표해 일본에 대해 널리 알리고 싶었기 때문이다.

1930년대 후반, 마침내 그의 오랜 소망이 이루어졌다. 그는 러시아의 서쪽에 있는 리투아니아에서의 근무를 자청했다.

하루는 그가 아침에 일어나 보니, 자기 집 공관 앞에 많은 사람들이 장사진을 치고 있었다.

큰일이라도 난 줄 알고 밖으로 뛰쳐나간 그는 깜짝 놀랐다. 많은 유대인들이 서 있었기 때문이다. 독일의 비밀경찰을 피해 죽음을 무릅쓰고 폴란드에서 결사적으로 도망쳐 나와 이른 아침부터 그곳에서 스기하라를 기다린 것이었다. 일본의 비자를 받으면 독일의 지배를 받고 있는 유럽을 탈출할 수 있기 때문이었다.

스기하라는 즉시 본국에 전보를 쳤다. 그는 유대인들에게 비자를 발행할 수 있도록 허락해 달라고 세 번이나 전보를 쳤다.

그러나 동경에서 날아오는 대답은 세 번 모두 안 된다는 것이었다. 그의 눈앞에 두 가지 풍경이 그려졌다. 외교관으로서 풍요로운 삶을 살고 있는 자신의 모습과 유대인들이 독일군에 끌려가 비참하게 살아가는 모습이었다.

하룻밤을 꼬박 세운 그는, 다음 날 아침 일찍 대사관 문을 활짝 열었다. 그리고 그날부터 28일 동안 밤낮으로 손수 비자를 쓰고 도장을 찍었다. 이렇게 하여 그는 유대인 6천 명의 목숨을 구할 수 있었다.

그는 그 뒤 본국으로 송환되어 외교관 지위를 박탈당하고, 평생 전구를 팔면서 가난하게 살아야 했다.

만일 여러분이 스기하라였다면 어떻게 했을까? 선뜻 스기하라처럼 자기를 희생하면서까지 유대인들을 구하기는 쉽지 않을 것이다. 유대인들의 목숨과 자신의 미래를 맞바꿔야 하기 때문이다.

그러나 스기하라는 유대인들을 선택했다. 자신에게 펼쳐질 미래의 불행보다 그들의 목숨이 더 소중했기 때문이다. 스기하라의 모습을 통해 세상에 사람의 목숨보다 더 값진 것은 없다는 것을 새삼 깨닫게 된다.

촛불은 제 자신을 밝히기 위해 존재하는 것이 아니다. 마찬가지로 다른 누군가에게 환한 빛을 주기 위해 존재하는 여러분이 되기를 바란다. 그런 여러분에게 행운이 가득하길….

'네 탓'이 아니라 '내 탓'이라고 말할 테야

매일 다투는 가족이 있었다.

가족들은 하루가 멀다 하고 사소한 일로 다투곤 했다. 하루는 다투는 가족들이 이웃 마을에 사는 행복한 집을 찾았다. 행복한 집은 늘 웃음이 끊이지 않아 모두들 부러워했다.

"행복한 집에는 무슨 특별한 비밀이 있겠지."

다투는 가족들이 오자 행복한 가족들은 정성껏 손님 대접을 했다. 그런데 큰딸이 찻잔을 들고 오다가 그만 미끄러지고 말았다.

"정말 죄송합니다. 제가 조심했어야 했는데……."

큰딸이 이렇게 말하자 어머니가 말했다.

"얘야, 네 잘못이 아니란다. 내가 진작에 바닥을 닦았어야 했어."

어머니는 진심으로 미안해했다.

이 광경을 지켜보고 있던 다투는 가족들은 놀라울 지경이었다.

'정말 신기해. 어떻게 잘못을 서로에게 떠넘기지 않고 자신의 탓으로 여길 수 있을까?'

잠시 후 과일을 깎던 어머니가 손가락을 베였다.

"얘야, 약상자에 가서 밴드 하나 갖다 주겠니?"

어머니가 딸에게 말했다.

"손 다치셨어요? 죄송해요. 어머니, 제가 과일을 깎았어야 했는데…."

"아니야. 누가 깎으면 어떠니? 내가 주의를 하지 않아서 베였단다."

들일을 마치고 집에 돌아온 아버지가 이 모습을 보았다. 아내의 손가락에 흐르는 피를 보며 남편이 말했다.

"이런! 내가 미리 칼을 갈아 놓았어야 했는데, 여보 정말 미안하구려."

이 모든 광경을 지켜보던 다투는 가족들은 그제야 깨달았다.

'행복한 집 가족들은 절대 자신의 잘못을 서로에게 떠넘기지 않아. 모두들 네 탓이라고 말하지 않고 내 탓이라고 말해. 이것이 바로 행복의 비밀이었군.'

사랑은 먼저 "미안해!", "고마워!", "도와줄까?" 하고 말하는 것이다. 귀찮고 힘들더라도 상대방을 위해 나를 헌신할 수 있는 것, 이것이 사랑이다. 마음만 있으면 누구나 사랑의 전령사가 될 수 있다. 내가 가진 작은 것 하나, 따뜻한 마음 한 조각 베푸는 것이 사랑이기 때문이다.

'꿈'과 '공부'는 주인을 절대 배신하지 않는다

며칠 전 K대 법학과를 나와 법조인으로 활동하는 친구와 술을 마신 적이 있다. 가끔 그를 만나는데 만날 때마다 멋있다는 생각이 든다. 힘든 현실을 이겨내고 묵묵히 자신의 꿈을 향해 매진하여 자신의 꿈을 이룬 그가 영화배우보다 더 멋있다.

그와 나는 사회에서 인연이 되어 친구가 되었다. 스물네 살 때였나, 그를 처음 만났을 때 그는 삐쩍 마른 몸에 초라한 행색을 하고 있었다. 내가 시골출신이어서인지 조용한 성격에 순박한 그가 좋았다.

당시 그는 가난한 형편에 아르바이트를 하며 학교를 다녔다. 그는 몇 번을 휴학해가며 학교를 마쳤다. 그리고 고시원에 처박혀 있다 시피 공부하여 사법고시에 합격했다.

우리가 술잔을 기울일 때 근처에서 푸념하는 소리가 들려왔다.

"회사가면 매일 팀장에게 깨지지, 살맛이 안 난다."
"나도야. 사실 내 꿈은 회사원이 아닌데…"
"아, 그때 힘들더라도 꾹 참고 계속 공부를 했어야했는데…"

풀이 죽은 채 두 명의 샐러리맨이 술잔을 부딪치고 있었다. 자연스레 우리의 화제는 오래전의 '꿈'과 '공부'가 되었다. 나는 그 친구와 얘기를 나누면서 꼭 기회가 되면 청소년들에게 '꿈'과 '공부'의 중요성에 대해 말해줘야지, 하고 다짐했다. 그때 다짐했던 것을 지금 지면을 빌어 이야기하고자한다.

많은 학생들이 '공부가 인생의 전부는 아니다'라고 말한다. 이 말은 분명 학창시절 '공부'를 소홀히 했거나 주류 사회에 끼지 못한 사람들이 자신의 처지를 합리화하기 위해 지어낸 말일 뿐이다. 곧이곧대로 믿어선 곤란하다. 세상에 크게 성공한 사람들이 수없이 많다. 그들 중 대다수가 서울대, 연세대, 고려대, 의대, 카이스트 등 소위 명문대를 나온 사람들이다.

학생시절의 '공부'는 미래를 결정짓는다. 좋은 대학을 나오면 든든한 인맥을 만들 수 있다. 또한 그렇지 않은 사람에 비해 더 좋은 회사에 쉽게 들어갈 수 있다. 세상이 아무리 어려워져도 명문대 출신자들은 어떻게든 제 밥벌이를 하고 산다.

'공부'가 아닌 다른 것으로 성공하기는 거의 불가능한 세상이 되었다. 지식이 없는 사람이 성공하는 예는 점점 줄어들고 있다는 말이다. '배움에는 때가 있다'는 말이 있듯이 '공부'할 수 있을 때 죽을힘을 다해 하라. '꿈'과 마찬가지로 '공부' 역시 배신하는 법이 없다. 지금의 고생은 반드시 훗날의 풍요로움으로 되돌아온다.

한 가지 더 당부하고자 한다. 중고등학생들 가운데 시험에 나오지 않는 과목은 등한시 하는 사람들이 있다. 그래선 안 된다. 학교 시험에 나오지 않더라도 음악, 미술, 문학, 철학, 역사 등에 관한 책을 많이 읽어야 한다.

하버드 대학 케네디 행정대학의 대통령학 교수 데이비드 거겐은 "시나 소설 같은 문학 강의를 꼭 들어야 한다. 세상을 이해하는 새로운 시각을 열어주고 정신적으로 건강한 사람을 만들어준다."고 말했다. 미국 캔자스 주립대학의 E.R. 시네트 박사 역시 비슷한 말을 했다.

"그림과 문학, 음악 등의 예술 작품을 접하는 것은 '자신을 아름답게 하는 효과'를 높여준다."

예술작품은 올바른 가치관과 세계관을 가지는데 도움이 된다. 무엇보다 예술에 조예가 깊으면 더욱 풍요로운 인생을 살 수 있다.

인생은 생각보다 짧지 않다. 다음은 브래드 피트가 주연한 「벤자민 버튼의 시간은 거꾸로 간다」라는 영화에서 주인공이 열세 살짜리 딸에게 보내는 편지 내용이다.

"살아가면서 너무 늦거나 이른 것은 없다. 넌 뭐든지 될 수 있다. 꿈을 이루는 데 시간제한은 없단다. 지금처럼 살아도 되고 새로운 삶을 살아도 된다. 최선의 선택과 최악의 선택 중 최선의 선택을 내리길 바라마. 네가 새로운 것을 보고 새로운 것을 느꼈으면 좋겠다. 너와는 생각이 다른 사람들을 만나면서 후회 없는 삶을 살면 좋겠구나. 조금이라도 후회가 생긴다면 용기를 내어 다시 시작하렴."

나 역시 여러분이 최선의 선택을 내리며 후회 없는 삶을 살기를 바란다. 인생은 단 한번뿐이니까.

2009년 12월
김태광

참고 문헌

조단 워즈의 저서 《백만장자 비밀수업》 베스트프렌드
브라이언 셔 《부자의 코드를 읽어라》 세종서적
팻 윌리엄스 《리치처럼 승부하라》 성공시대
마이클 코벨 《추세추종전략》 더난출판사

가림출판사 · 가림M&B · 가림Let's에서 나온 책들

웰빙형 피부 미인을 만드는 **나만의 셀프 피부건강**
양해원 지음 / 대국전판 / 144쪽 / 10,000원

내 몸을 살리는 생활 속의 웰빙 항암 식품
이승남 지음 / 대국전판 / 248쪽 / 9,800원

마음한글, 느낌한글
박완식 지음 / 4×6배판 / 300쪽 / 15,000원

웰빙 동의보감식 **발마사지 10분**
최미희 지음 / 신재용 감수
4×6배판 변형 / 204쪽 / 13,000원

아름다운 몸, 건강한 몸을 위한 **목욕 건강 30분**
임하성 지음 / 신국판 / 176쪽 / 9,500원

내가 만드는 한방생주스 60
김영섭 지음 / 국판 / 112쪽 / 7,000원

몸을 살리는 건강식품
백은희 · 조창호 · 최양진 지음
신국판 / 384쪽 / 11,000원

건강도 키우고 성적도 올리는 자녀 건강
김지돈 지음 / 신국판 / 304쪽 / 12,000원

알기 쉬운 **간질환 119**
이관식 지음 / 신국판 / 264쪽 / 11,000원

밥으로 병을 고친다
허봉수 지음 / 대국전판 / 352쪽 / 13,500원

알기 쉬운 **신장병 119**
김형규 지음 / 신국판 / 240쪽 / 10,000원

마음의 감기 치료법 **우울증 119**
이민수 지음 / 대국전판 / 232쪽 / 9,800원

관절염 119
송영욱 지음 / 대국전판 / 224쪽 / 9,800원

내 딸을 위한 **미성년 클리닉**
강병문 · 이향아 · 최정원 지음
국판 / 148쪽 / 8,000원

암을 다스리는 **기적의 치유법**
케이 세이헤이 감수
카와키 나리카즈 지음 / 민병수 옮김 /
신국판 / 256쪽 / 9,000원

스트레스 다스리기
대한불안장애학회 스트레스관리연구특별위원회
지음
신국판 / 304쪽 / 12,000원

천연 식초 건강법
건강식품연구회 엮음 / 신재용(해성한의원 원장) 감수
신국판 / 252쪽 / 9,000원

암에 대한 모든 것
서울아산병원 암센터 지음 / 신국판 / 360쪽 /
13,000원

알록달록 컬러 다이어트
이승남 지음 / 국판 / 248쪽 / 10,000원

당신도 부모가 될 수 있다
정병준 지음 / 신국판 / 268쪽 / 9,500원

키 10cm 더 크는 키네스 성장법
김양수 · 이종규 · 최형규 · 표재환 · 김문희 지음
대국전판 / 312쪽 / 12,000원

당뇨병 백과
이현철 · 송영득 · 안철우 지음
4×6배판 변형 / 396쪽 / 16,000원

호흡기 클리닉 119
박성학 지음 / 신국판 / 256쪽 / 10,000원

키 쑥쑥 크는 롱다리 만들기
롱다리 성장클리닉 원장단 지음
4×6배판 변형 / 256쪽 / 11,000원

내 몸을 살리는 건강식품
백은희 · 조창호 · 최양진 지음
신국판 / 368쪽 / 11,000원

내 몸에 맞는 운동과 건강
하철수 지음 / 신국판 / 264쪽 / 11,000원

알기 쉬운 **척추 질환 119**
김수연 지음 / 신국판 변형 / 240쪽 / 11,000원

베스트 닥터 박승정 교수팀의 심장병 예방과 치료
박승정 외 5인 지음 / 신국판 / 264쪽 / 10,500원

암 전이 재발을 막아주는 한방 신치료 전략
조종관 · 유화승 지음 / 신국판 / 308쪽 / 12,000원

식탁 위의 위대한 혁명 **사계절 웰빙 식품**
김지돈 지음 / 신국판 / 284쪽 / 12,000원

우리 가족 건강을 위한 신종플루 대처법
우준희 · 김태형 · 정진원 지음
신국판 / 172쪽 / 8,500원

교 육

우리 교육의 창조적 백색혁명
원상기 지음 / 신국판 / 206쪽 / 6,000원

현대생활과 체육
조창남 외 5명 공저 / 신국판 / 340쪽 / 10,000원

퍼펙트 MBA
IAE유학네트 지음 / 신국판 / 400쪽 / 12,000원

유학길라잡이 I - 미국편
IAE유학네트 지음 / 4×6배판 / 372쪽 / 13,900원

유학길라잡이 II - 4개국편
IAE유학네트 지음 / 4×6배판 / 348쪽 / 13,900원

조기유학길라잡이.com
IAE유학네트 지음 / 4×6배판 / 428쪽 / 15,000원

현대인의 건강생활
박상호 외 5명 공저 / 4×6배판 / 268쪽 / 15,000원

천재아이로 키우는 두뇌훈련
나카마츠 요시로 지음 / 민병수 옮김
국판 / 288쪽 / 9,500원

두뇌혁명
나카마츠 요시로 지음 / 민병수 옮김
4×6판 양장본 / 288쪽 / 12,000원

테마별 고사성어로 익히는 한자
김경익 지음 / 4×6배판 변형 / 248쪽 / 9,800원

生생 공부비법
이은승 지음 / 대국전판 / 272쪽 / 9,500원

자녀를 성공시키는 습관만들기
배은경 지음 / 신국판 / 232쪽 / 9,500원

한자능력검정시험 1급
한자능력검정시험연구위원회 편저
4×6배판 / 568쪽 / 21,000원

한자능력검정시험 2급
한자능력검정시험연구위원회 편저
4×6배판 / 472쪽 / 18,000원

한자능력검정시험 3급(3급II)
한자능력검정시험연구위원회 편
4×6배판 / 440쪽 / 17,000원

한자능력검정시험 4급(4급II)
한자능력검정시험연구위원회 편
4×6배판 / 352쪽 / 15,000원

한자능력검정시험 5급
한자능력검정시험연구위원회 편저
4×6배판 / 264쪽 / 11,000원

한자능력검정시험 6급
한자능력검정시험연구위원회 편저
4×6배판 / 168쪽 / 8,500원

한자능력검정시험 7급
한자능력검정시험연구위원회 편저
4×6배판 / 152쪽 / 7,000원

한자능력검정시험 8급
한자능력검정시험연구위원회 편저
4×6배판 / 112쪽 / 6,000원

볼링의 이론과 실기
이택상 지음 / 신국판 / 192쪽 / 9,000원

고사성어로 끝내는 천자문
조준상 글 · 그림 / 4×6배판 / 216쪽 / 12,000원

논술 종합 비타민
김종원 지음 / 신국판 / 200쪽 / 9,000원

내 아이 스타 만들기
김민성 지음 / 신국판 / 200쪽 / 9,000원

교육 1번지 강남 엄마들의 **수험생 자녀 관리**
황송주 지음 / 신국판 / 288쪽 / 9,500원

초등학생이 꼭 알아야 할 위대한 역사 상식
우진영 · 이양경 지음
4×6배판 변형 / 228쪽 / 9,500원

초등학생이 꼭 알아야 할 행복한 경제 상식
우진영 · 전선심 지음
4×6배판 변형 / 224쪽 / 9,500원

초등학생이 꼭 알아야 할 재미있는 과학상식
우진영 · 정경희 지음
4×6배판 변형 / 220쪽 / 9,500원

한자능력검정시험 3급 · 3급II
한자능력검정시험연구위원회 편저
4×6판 / 380쪽 / 7,500원

교과서 속에 꼭꼭 숨어있는 이색박물관 체험
이신화 지음 / 대국전판 / 248쪽 / 12,000원

초등학생 독서 논술(저학년)
책마루 독서교육연구회 지음
4×6배판 변형 / 244쪽 / 14,000원

초등학생 독서 논술(고학년)
책마루 독서교육연구회 지음
4×6배판 변형 / 236쪽 / 14,000원

놀면서 배우는 경제
김솔 지음 / 대국전판 / 196쪽 / 10,000원

건강생활과 레저스포츠 즐기기
강선희 외 11명 공저 / 4×6배판 / 324쪽 / 18,000원

아이의 미래를 바꿔주는 좋은 습관
배은경 지음 / 신국판 / 216쪽 / 9,500원

다중지능 아이의 미래를 바꾼다
이소영 외 6인 지음 / 신국판 / 232쪽 / 11,000원

체육학 자연과학 및 사회과학 분야의 석 · 박사 학위 논문, 학술진흥재단 등재지, 등재후보지와 관련된 학회지 논문 작성법
하철수 · 김봉경 지음 / 신국판 / 336쪽 / 15,000원

공부가 제일 쉬운 공부 달인 되기
이은승 지음 / 신국판 / 256쪽 / 10,000원

글로벌 리더가 되려면 영어부터 정복하라
서재희 지음 / 신국판 / 276쪽 / 11,500원

通으로 보는 중국 현대 30년사
정재일 지음 / 신국판 / 364쪽 / 20,000원

취미 실용

김진국과 같이 배우는 와인의 세계
김진국 지음
국배판 변형 양장본(올컬러) / 208쪽 / 30,000원

배스낚시 테크닉
이종건 지음 / 4×6배판 / 440쪽 / 20,000원

나도 디지털 전문가 될 수 있다!!!
이승훈 지음 / 4×6배판 / 320쪽 / 19,200원

건강하고 아름다운 동양란 기르기
난마을 지음 / 4×6배판 변형 / 184쪽 / 12,000원

애완견114
황양원 엮음 / 4×6배판 변형 / 228쪽 / 13,000원

경제 경영

CEO가 될 수 있는 성공법칙 101가지
김승룡 편역 / 신국판 / 320쪽 / 9,500원

정보소프트
김승룡 지음 / 신국판 / 324쪽 / 6,000원

기획대사전
다카하시 겐코 지음 / 홍영의 옮김
신국판 / 552쪽 / 19,500원

맨손창업 · 맞춤창업 BEST 74
양혜숙 지음 / 신국판 / 416쪽 / 12,000원

무자본, 무점포 창업! FAX 한 대면 성공한다
다카시로 고시 지음 / 홍영의 옮김
신국판 / 226쪽 / 7,500원

성공하는 기업의 인간경영
중소기업 노무 연구회 편저 / 홍영의 옮김
신국판 / 368쪽 / 11,000원

21세기 IT가 세계를 지배한다
김광회 지음 / 신국판 / 380쪽 / 12,000원

경제기사로 부자아빠 만들기
김기태 · 신현태 · 박근수 공저
신국판 / 388쪽 / 12,000원

포스트 PC의 주역 **정보가전과 무선인터넷**
김광회 지음 / 신국판 / 356쪽 / 12,000원

성공하는 사람들의 **마케팅 바이블**
채수명 지음 / 신국판 / 328쪽 / 12,000원

느린 비즈니스로 돌아가라
사카모토 게이이치 지음 · 정성호 옮김
신국판 / 276쪽 / 9,000원

적은 돈으로 큰돈 벌 수 있는 **부동산 재테크**
이원재 지음 / 신국판 / 340쪽 / 12,000원

바이오혁명
이주영 지음 / 신국판 / 328쪽 / 12,000원

성공하는 사람들의 **자기혁신 경영기술**
채수명 지음 / 신국판 / 344쪽 / 12,000원

CFO 교넨 토요오 · 타하라 오키시 지음
민병수 옮김 / 신국판 / 312쪽 / 12,000원

네트워크시대 네트워크마케팅
임동학 지음 / 신국판 / 376쪽 / 12,000원

성공리더의 7가지 조건
다이앤 트레이시 · 윌리엄 모건 지음
지창영 옮김 / 신국판 / 360쪽 / 13,000원

김종결의 성공창업
김종결 지음 / 신국판 / 340쪽 / 12,000원

최적의 타이밍에 **내 집 마련하는 기술**
이원재 지음 / 신국판 / 248쪽 / 10,500원

컨설팅 세일즈 Consulting sales
임동학 지음 / 대국전판 / 336쪽 / 13,000원

연봉 10억 만들기
김농주 지음 / 신국판 / 216쪽 / 10,000원

주5일제 근무에 따른 **한국형 주말창업**
최효진 지음 / 신국판 변형 양장본 / 216쪽 / 10,000원

돈 되는 땅 돈 안되는 땅
김영준 지음 / 신국판 / 320쪽 / 13,000원

돈 버는 회사로 만들 수 있는 109가지
다카하시 도시노리 지음 / 민병수 옮김
신국판 / 344쪽 / 13,000원

프로는 디테일에 강하다
김미현 지음 / 신국판 / 248쪽 / 9,000원

머니투데이 송복규 기자의 **부동산으로 주머니돈 100배 만들기**
송복규 지음 / 신국판 / 328쪽 / 13,000원

성공하는 슈퍼마켓&편의점 창업
나명환 지음 / 4×6배판 변형 / 500쪽 / 28,000원

대한민국 성공 재테크 **부동산 펀드와 리츠로 승부하라**
김영준 지음 / 신국판 / 256쪽 / 12,000원

마일리지 200% 활용하기
박성희 지음 / 국판 변형 / 200쪽 / 8,000원

1%의 가능성에 도전, 성공 신화를 이룬 **여성 CEO**
김미현 지음 / 신국판 / 248쪽 / 9,500원

3천만 원으로 부동산 재벌 되기
최수길 · 이숙 · 조연회 지음
신국판 / 290쪽 / 12,000원

10년을 앞설 수 있는 **재테크**
노동규 지음 / 신국판 / 260쪽 / 10,000원

세계 최강을 추구하는 도요타 방식
나카야마 키요타카 지음 / 민병수 옮김
신국판 / 296쪽 / 12,000원

최고의 설득을 이끌어내는 **프레젠테이션**
조두환 지음 / 신국판 / 296쪽 / 11,000원

최고의 만족을 이끌어내는 **창의적 협상**
조강희 · 조원희 지음 / 신국판 / 248쪽 / 10,000원

New 세일즈 기법 물건을 팔지 말고 가치를 팔아라
조기선 지음 / 신국판 / 264쪽 / 9,500원

작은 회사는 전략이 달라야 산다
황문진 지음 / 신국판 / 312쪽 / 11,000원

돈 되는 슈퍼마켓&편의점 창업전략(입지편)
나명환 지음 / 신국판 / 352쪽 / 13,000원

25 · 35 꼼꼼 여성 재테크
정원훈 지음 / 신국판 / 224쪽 / 11,000원

대한민국 2030 독특하게 창업하라
이상헌 · 이호 지음 / 신국판 / 288쪽 / 12,000원

왕초보 주택 경매로 돈 벌기
천관성 지음 / 신국판 / 268쪽 / 12,000원

**New 마케팅 기법 (실천편)
물건을 팔지 말고 가치를 팔아라 2**
조기선 지음 / 신국판 / 240쪽 / 10,000원

퇴출 두려워 마라 홀로서기에 도전하라
신정수 지음 / 신국판 / 256쪽 / 11,500원

슈퍼마켓&편의점 창업 바이블
나명환 지음 / 신국판 / 280쪽 / 12,000원

위기의 한국 기업 재창조하라
신정수 지음 / 신국판 양장본 / 304쪽 / 15,000원

취업 닥터
신정수 지음 / 신국판 / 272쪽 / 13,000원

합법적으로 확실하게 **세금 줄이는 방법**
최성호, 김기근 지음 / 대국전판 / 372쪽 / 16,000원

선거수첩
김용한 엮음 / 4×6판 / 184쪽 / 9,000원

주식

개미군단 대박맞이 주식투자
홍성걸(한양증권 투자분석팀 팀장) 지음
신국판 / 310쪽 / 9,500원

알고 하자! 돈 되는 주식투자
이길영 외 2명 공저 / 신국판 / 388쪽 / 12,500원

항상 당하기만 하는 개미들의 매도·매수타이밍
999% 적중 노하우
강경무 지음 / 신국판 / 336쪽 / 12,000원

부자 만들기 주식성공클리닉
이창희 지음 / 신국판 / 372쪽 / 11,500원

선물·옵션 이론과 실전매매
이창희 지음 / 신국판 / 372쪽 / 12,000원

너무나 쉬워 재미있는 주가차트
홍성무 지음 / 4×6배판 / 216쪽 / 15,000원

주식투자 직접 투자로 높은 수익을 올릴 수 있는 비결
김학균 지음 / 신국판 / 230쪽 / 11,000원

억대 연봉 증권맨이 말하는 슈퍼 개미의 수익 나는 원리
임정규 지음 / 신국판 / 248쪽 / 12,500원

역학

역리종합 만세력
정도명 편저 / 신국판 / 532쪽 / 10,500원

작명대전
정보국 지음 / 신국판 / 460쪽 / 12,000원

하락이수 해설
이천교 편저 / 신국판 / 620쪽 / 27,000원

현대인의 창조적 관상과 수상
백운산 지음 / 신국판 / 344쪽 / 9,000원

대운용신영부적
정재원 지음 / 신국판 양장본 / 750쪽 / 39,000원

사주비결활용법
이세진 지음 / 신국판 / 392쪽 / 12,000원

컴퓨터세대를 위한 新 성명학대전
박용찬 지음 / 신국판 / 388쪽 / 11,000원

길흉화복 꿈풀이 비법
백운산 지음 / 신국판 / 410쪽 / 12,000원

새천년 작명컨설팅
정재원 지음 / 신국판 / 492쪽 / 13,900원

백운산의 신세대 궁합
백운산 지음 / 신국판 / 304쪽 / 9,500원

동자삼 작명학
남시모 지음 / 신국판 / 496쪽 / 15,000원

구성학의 기초
문길여 지음 / 신국판 / 412쪽 / 12,000원

소울음소리
이건우 지음 / 신국판 / 314쪽 / 10,000원

**법률
일반**

여성을 위한 성범죄 법률상식
조명원(변호사) 지음 / 신국판 / 248쪽 / 8,000원

아파트 난방비 75% 절감방법
고영근 지음 / 신국판 / 238쪽 / 8,000원

일반인이 꼭 알아야 할 절세전략 173선
최성호(공인회계사) 지음 / 신국판 / 392쪽 / 12,000원

변호사와 함께하는 부동산 경매
최환주(변호사) 지음 / 신국판 / 404쪽 / 13,000원

혼자서 쉽고 빠르게 할 수 있는 소액재판
김재용·김종철 공저 / 신국판 / 312쪽 / 9,500원

"술 한 잔 사겠다"는 말에서 찾아보는 채권·채무
변환철(변호사) 지음 / 신국판 / 408쪽 / 13,000원

알기쉬운 부동산 세무 길라잡이
이건우(세무서 재산계장) 지음
신국판 / 400쪽 / 13,000원

알기쉬운 어음, 수표 길라잡이
변환철(변호사) 지음 / 신국판 / 328쪽 / 11,000원

제조물책임법
강동근(변호사)·윤종성(검사) 공저
신국판 / 368쪽 / 13,000원

알기 쉬운 주5일근무에 따른 임금·연봉제 실무
문강분(공인노무사) 지음
4×6배판 변형 / 544쪽 / 35,000원

변호사 없이 당당히 이길 수 있는 형사소송
김대환 지음 / 신국판 / 304쪽 / 13,000원

변호사 없이 당당히 이길 수 있는 민사소송
김대환 지음 / 신국판 / 412쪽 / 14,500원

혼자서 해결할 수 있는 교통사고 Q&A
조명원(변호사) 지음 / 신국판 / 336쪽 / 12,000원

알기 쉬운 개인회생·파산 신청법
최재구(법무사) 지음 / 신국판 / 352쪽 / 13,000원

**생활
법률**

부동산 생활법률의 기본지식
대한법률연구회 지음 / 김원중(변호사) 감수
신국판 / 472쪽 / 13,000원

고소장·내용증명 생활법률의 기본지식
하태웅(변호사) 지음 / 신국판 / 440쪽 / 12,000원

노동 관련 생활법률의 기본지식
남동희(공인노무사) 지음 / 신국판 / 528쪽 / 14,000원

외국인 근로자 생활법률의 기본지식
남동희(공인노무사) 지음 / 신국판 / 400쪽 / 12,000원

계약작성 생활법률의 기본지식
이상도(변호사) 지음 / 신국판 / 560쪽 / 14,500원

지적재산 생활법률의 기본지식
이상도(변호사)·조의제(변리사) 공저
신국판 / 496쪽 / 14,000원

부당노동행위와 부당해고 생활법률의 기본지식
박영수(공인노무사) 지음 / 신국판 / 432쪽 / 14,000원

주택·상가임대차 생활법률의 기본지식
김운용(변호사) 지음 / 신국판 / 480쪽 / 14,000원

하도급거래 생활법률의 기본지식
김진흥(변호사) 지음 / 신국판 / 440쪽 / 14,000원

이혼소송과 재산분할 생활법률의 기본지식
박동섭(변호사) 지음 / 신국판 / 460쪽 / 14,000원

부동산등기 생활법률의 기본지식
정상태(법무사) 지음 / 신국판 / 456쪽 / 14,000원

기업경영 생활법률의 기본지식
안동섭(단국대 교수) 지음 / 신국판 / 466쪽 / 14,000원

교통사고 생활법률의 기본지식
박정무(변호사)·전병찬 공저
신국판 / 480쪽 / 14,000원

소송서식 생활법률의 기본지식
김대환 지음 / 신국판 / 480쪽 / 14,000원

호적·가사소송 생활법률의 기본지식
정주수(법무사) 지음 / 신국판 / 516쪽 / 14,000원

상속과 세금 생활법률의 기본지식
박동섭(변호사) 지음 / 신국판 / 480쪽 / 14,000원

담보·보증 생활법률의 기본지식
류창호(법학박사) 지음 / 신국판 / 436쪽 / 14,000원

소비자보호 생활법률의 기본지식
김성천(법학박사) 지음 / 신국판 / 504쪽 / 15,000원

판결·공정증서 생활법률의 기본지식
정상태(법무사) 지음 / 신국판 / 312쪽 / 13,000원

산업재해보상보험 생활법률의 기본지식
정유석(공인노무사) 지음 / 신국판 / 384쪽 / 14,000원

10대 청소년 롤 모델들의 삶과 꿈

긍정의 神

2010년 1월 25일 제1판 1쇄 발행
2012년 1월 30일 제1판 2쇄 발행

지은이/김태광
펴낸이/강선희
펴낸곳/가림출판사

등록/1992. 10. 6. 제4-191호
주소/서울시 광진구 중곡 2동 161-27 경남빌딩 5층
대표전화/458-6451   팩스/458-6450
홈페이지 http://www.galim.co.kr
전자우편 galim@galim.co.kr

값 9,500원

ISBN 978-89-7895-331-3 03810

가림출판사 · 가림M&B · 가림Let's 의 홈페이지(http://www.galim.co.kr)에 들
어오시면 가림출판사 · 가림M&B · 가림Let's의 신간도서 및 출간 예정 도서를
포함한 모든 책들을 만나실 수 있습니다.
온라인 서점을 통하여 직접 도서 구입도 하실 수 있으며 가림 홈페이지 내에서
전국 대형 서점들의 사이트에 링크하시어 종합 신간 안내 및 각종 도서 정보,
책과 관련된 문화 정보를 받아보실 수 있습니다.
또한 홈페이지 방문시 회원으로 가입하시면 신간 안내 자료를 보내드립니다.